Cold Enough for Snow

Jessica Au

冷到下雪

[澳大利亚]欧健梅 著

陆 剑 译

上海译文出版社

离开酒店时正在下雨,蒙蒙细雨,十月的东京时常会下的那种雨。我说我们要去的地方并不远——只要走到昨天来时的地铁站,再坐两趟地铁,沿着小街走一会儿就能到达博物馆。我拿出雨伞撑开,拉高外套拉链。清晨的街道,行人络绎不绝,大多都从地铁站出来,不像我们,是向那里走去。母亲一直紧跟着我,仿佛我们一旦分开,这如潮的人流会把我们越推越远,再也无法回到彼此身边。烟雨霏霏,绵绵不绝。地上汪出一层湿漉漉的水雾。细细一看,路也不是柏油路,而是由一块块小方砖铺成的砖路。

我们是昨晚到的。我的飞机比母亲的早到一小时,我就在机场等她。太累看不进书,我拿了行李,买了两张机场快线车票、一瓶水,还从ATM机上取了点现金。我不知道是不是还要买点别的,比如茶啊,吃的什么,不确定她下机后的心绪。她从出口出来,虽然隔得很远,看不清她的脸,但她举手投足的姿态,或者说步态,让我一眼就认出了她。走近了,我注意到她的穿着打扮依旧得体考究,珍珠扣棕色衬衫、量身订做的长裤和小件玉饰。正如她一贯的穿衣风格：衣服都不贵，但都是精挑细选的，剪裁合身，搭配巧妙，质地精良，看起来就像二三十年前电影里那种精雕细琢的女人，优雅却过时。她还带了那只大箱子，我从小时候记到现在。她把箱子塞在衣柜最上面，森森然罩在我们头顶，大多数时候就这样束之高阁，用到的机会屈指可数，直到父亲和兄长相继过世，回香港奔丧才拿下来。箱子上一块污迹都没有，现在看上去还像新的一样。

年初我让她和我一起去日本旅行。我们住在不同城市。我成年后，母女二人从未相伴出行过，我开始意识到这很重要，虽然理由还说不明白。一开始，她很不情愿，经过我一再劝说，最后终于答应下来，也不是那种言之凿凿的应承，只是慢慢地，她反对得越来越少，每次我在电话里问她，她都在那里犹犹豫豫的，这些迹象表明她终于向我发出了"可行"的信号。选择日本是因为我去过、母亲没去过，我觉得游览另一个亚洲国家会让她更自在些。也许，从某种程度上来说，去日本旅行会让我俩都变成"外国人"，占据平等地位，获得同等待遇。选择秋天是因为这是我们最喜爱的季节，一年中这个季节的花园和公园最美。深秋之后，一切丧失殆尽。只是，我不曾预料到这季节还有台风。天气预报已经发出几次警告，从昨晚开始雨就没停过。

进入地铁站，我把交通卡给她，穿过闸机。我搜寻地铁路线和站台，努力把站名、颜色和昨晚在地图上做的标记匹配起来。最终找到了正确的换乘方式。站台地上清晰标出了排队上车的记号。我们顺从指示候车，等了几分钟后列车进站。车门边有个单人空位，我示意她坐下，我站在她身旁，看着一个个车站飞驰而过。城市如钢筋水泥，灰蒙蒙的，在雨中显得分外阴沉而陌生。我能辨识出高楼、天桥、火车道口的外部轮廓，可它们的细部和内部材料构成上却发生了细微的变化，而吸引我的正是这些细枝末节又意味深长的变化。约二十分钟后，我们换了辆不那么拥挤的小列车，这次我得以坐在她旁边，注意到建筑物变得越来越矮，直到进入郊区，映入眼帘的是一栋栋房屋，白墙平顶，车道上停着小轿车。我突然想起上次来这里，我是和劳里在一起，时不时地想起母亲。现在，我和母亲在一起，却时不时地想起他，想起我们从清早到深夜，在城里东奔西走，逛来逛去，观察一切，感受一切。那次旅行，我们仿佛回到了孩童时代，狂热激动，说个不停，笑个不停，永不满足。我想起那时曾想过要和母亲分享这段经历，哪怕只有一点点。也是在那次旅行后，我开始学习日语，可能潜意识里在规划这次旅行。

　　车站出口通向一条安静的街道，街道在树木茂盛的居民区里。许多房屋临街而建，住户们在狭小的空间里摆上些小盆栽，有盆栽芍药还有盆栽树。小时候我们家也有一棵盆栽树，种在白色方形小脚花盆里。母亲不像是会买盆栽的人，所以肯定是别人送的。这棵盆栽我们养护了很长时间。不知何故，我小时候不喜欢它，可能是因为它看起来很不自然，很孤独。这棵精心修剪的小树就像一张细细描摹的插图，孤孤单单长在盆里，可它本应该长在森林里呀。

我们沿着街走，经过一栋透明玻璃墙的建筑物，又经过一栋外墙涂成蘑菇色的房子。前方有个女人，正在清扫街上的落叶，把它们放进袋子里。我们聊起母亲的新公寓，我还没见过。不久前，她从我们自小长大的老房子搬走，搬进远郊一栋小公寓楼，那里离姐姐家更近，离她的外孙、外孙女更近。我问她喜不喜欢那里，那里有没有称心的店铺能买到她中意的好味道，离她的朋友们近不近。她说早上的鸟很吵，一开始她以为是小孩在尖叫。她跑到外面想听个真切，确保一切正常，后来才意识到只是鸟在叫。等她特意到树丛中寻找鸟的踪迹，却连个鸟的影子都没看到。那里有一大片一大片地块和高速路，走上好几分钟，一个人都见不着，周围只有房屋。

我注意到前面有个公园，查了查手机上的地图，告诉母亲我们得穿过公园，再走不多路就能到博物馆。行路过程中，不知何时，雨停了，我们收起雨伞。公园很大，园内浓荫蔽天，曲径通幽，完全和我小时候对公园的印象相符：林木葱茏，阴暗潮湿，别有洞天。我们穿过空旷的游乐场，场地上有个金属滑梯，滑梯边缘是蓝色的金属，表面还滚动着圆胖的雨珠。几条弯弯曲曲的小溪在林间蜿蜒交错。扁平的石头，有的像微型峡谷，有的像小山，划破水面。细细窄窄的小桥随处可见，就是东方风情明信片或者旅行快照上常见的那种桥。

临行前，我买了台新尼康相机。虽说是数码相机，也有三个小拨盘、一个玻璃取景器和一个能手动调整光圈孔径的短焦镜头。这让我想起舅舅用来拍全家福的相机，他们在香港时的青葱岁月。母亲还留着几张全家福。小时候我常常翻看那些照片，聆听照片背后的故事，那些色斑将我迷住了。色斑宛如滴入水中的一滴油，在水面烧出一个明亮的洞。在我眼里，这些照片透着旧世界的质朴优雅。母亲和舅舅就像一对传统夫妻：她一袭图纹礼服正襟危坐，他身着挺括白衬衫笔直地站在她肩后，两人的发型也有一番讲究。他们身后映着香港闷热而潮湿的街道和天空。此后不久，我把这些照片完全抛诸脑后，直到好多年后，姐姐和我清理母亲公寓里的杂物，才在一个装满泛黄信封和小相簿的鞋盒里发现它们。

我拿出相机，调整曝光值，眼睛对准取景器。母亲察觉到我俩之间的距离，她转过身，看到我的举动，立刻摆出一副照相姿势：双脚并拢、后背挺直、双手交叠。这样可以吗？她问我，还是离那棵树近一些更好？我本来想拍点不同的照片，日常状态下她的脸，暗自出神时的那个她。不过我还是回答这样很好，按下了快门。她问要不要给我拍一张，我说不用，还是继续往前走吧。

出发前几周，我花了好几个小时做攻略，搜寻各种景点——神社、森林公园、美术馆、所剩无几的战后老房子，边搜边寻思她想看点什么。我在笔记本电脑上建了个文件夹，里面有景点地址、描述、营业时间，我不停地增增减减，为平衡行程安排操心，想要充分利用、尽情感受这次旅程。这个博物馆是朋友推荐的。某座战前大宅的一部分，大宅是由某位著名雕塑家建造的。我在网上读了很多关于这栋房子的介绍，对这趟行程翘首以待。我又查了查手机，手机告诉我在这里转弯，很快就能走到博物馆所在的街道。路上，我对母亲简单说明了对博物馆的预期，小心翼翼地不泄露过多细节，更多的留待她自己去发现。

路上，我们经过一所学校的大门，正是上午课间休息时间。学生们戴着五颜六色的小帽子（不同年龄和年级的帽子颜色不同），吵吵闹闹、自由自在地在操场上玩耍。整洁的操场，亮闪闪的游乐设施，还有几位老师站在一旁，镇静地看着学生们。我想到了（不知母亲是否也想到了）她让我们注册入学的天主教学校，不完全是因为教学质量，也是因为诸如格子花呢羊毛短裙、蓝色《圣经》和其他类似的体验。按照她受过的教导，这些都是她关心的，也是她自己想要的体验。在那所教会学校读了几年，姐姐和我都拿到了奖学金，一直念到中学毕业，最后都升入大学：姐姐学医，我学英国文学。

博物馆入口处有个架子，可以把雨伞扣在上面，大概是怕伞上残留的雨水滴下来，在老房子地上留下水渍。我接过母亲的伞，抖了抖，把两柄伞并排扣在架子上，把小钥匙塞进口袋，稍后取伞要用钥匙解锁。拉开滑门，里面特意辟出一块换鞋处，两个木凳，装满褐色拖鞋的篮子。我的靴子脱得相当费力，母亲则像在日本生活了一辈子似的麻利脱下她的鞋，规规矩矩地把鞋摆好，两只并排、鞋尖朝外，方便出门离去时穿。她穿着洁白的短袜，袜底白得像飘落的初雪。长大后，我们也学会了在家门口脱鞋。我还记得某天放学后去朋友家玩，竟然被允许光脚在花园里跑来跑去，我大受震撼。她母亲打开了洒水器，起初地上很烫，后来脚下传来的感觉是柔软而湿润的，日晒下的草地其实很温暖。

我穿上一双拖鞋，去售票处买票。售票员接过纸币，找回一些硬币，还有两张票和两份漂亮白纸制成的小册子。她说博物馆现有两场展览：楼下是中国和朝鲜半岛的展品，楼上是某位知名艺术家创作的织物和纺织品。我谢过她后，接过手册，转头把这些信息激动地转述给母亲，我想起她那些精致的衣裙，我们年少时她如何恰到好处地缝补和修改我们的衣服。我提议分头参观，这样可以自己把握欣赏某件艺术品的时间。不过，我们要时刻留意对方，不能离得太远。我本来担心，早前她在地铁站那么害怕，这次还会要求跟着我，不过这里的空间感和舒心的界限感，似乎让她平静了下来。她顺从地走到隔壁房间，翻开小册子拿在手里，像要边读边看展似的。

博物馆有两层，凉爽安静，高低不平的木地板、粗大的深色木梁，依然能看出老房子当初的模样。楼梯又矮又小，因为那时的人又矮又小，踩上去嘎吱作响，台阶中间凹陷，历经千万双脚的踩踏，早已磨得光滑发亮。柔和的乳白色光线仿佛穿过纸屏风从窗户中投射进来。我随意选了间展厅，把手册一折二塞进外套口袋。不知怎的，我总想以一种懵懂无知的状态出现在作品前，对它们的来源和出处一知半解，欣赏它们最本真的样貌。玻璃柜里展示着各式各样的盆盆罐罐和花瓶，附有手写卡片，注明制作年代，有些字符我不认识。每件作品虽外形粗糙但充满灵气，形态各异，或纤巧，或厚重，几乎能窥见它们的整个制作过程：手工捏制成型、手工上釉彩绘，那时从吃饭的碗到喝水的容器都与艺术本身并无差别。我一个个展厅参观过来，拍了几张照片，一张是蓝玛瑙色的盘子，盘中绘有白花，可能是白莲花；另一张是泥棕色的小碗，碗内是鸡蛋壳的颜色。某个时刻，我感觉母亲在我身后，我停她也停，我走她也走。不过很快，她就不知去向了。我在一楼最后一间展厅等了她片刻，看她是否会再次露面，等不到人便上了二楼。其间，我注意到有间展厅的屏风收了起来，可以俯瞰到一个幽静的庭院，院内有枯石、枫树，枫叶正渐渐转红。

织物在长长的展厅中挂起，既能一览无遗，又能一件件分开欣赏。织物大小不一,有些宽大的下摆像结冰的水一样垂落在地上,难以想象它们穿在身上的样子,除了这里再也想不到其他可以挂的地方。织物图案质朴优雅,像民间传说中的衣服一样美丽。凝视这些半透明的叠染晕色,就像抬头仰望层层叠叠的浓密树冠,让我想起四季流转。那些裸露在外、清晰可见的线头中蕴藏着某种被忘却的稚趣和率真,某种我们只能一饱眼福却不复存在的东西。它们的美让我目眩神迷,这种模糊的意识又让我深感悲伤。我在展品前来来回回,等母亲进来展厅。她没出现,我只能独自参观剩下的展览,最后发现她在外面等我,就坐在伞架旁的石椅上。

我问她有没有看那些织物,她说她只看了一点就累了,就待在这里等我。

不知何故,我很想再和她说说那个展厅,我在展厅里的感受,那种不可思议的浓烈情感。曾经,人们把包括树叶、树木、河流和草地在内的世间万物看成图案,真让人难以置信,更了不起的是,他们发现了图案中的神韵,并把这种神韵注入布料中。可我说不出口。我只是对她说,顶楼有个展厅,能俯瞰楼下的庭院和绿化,构成了理想的冥想空间。你可以推开窗户,坐在窄桌前,欣赏枯石、枫树和天空。有时候,停下来,反思发生过的事也许是件好事,也许回想悲伤往事反而能让你快乐起来。

那天晚上,我们去餐馆吃饭。餐馆在地铁沿线某条小得不能再小的街上。我选了条沿运河徒步的路线，想着那个时段的夜景应该不错。周围建筑黑乎乎的，树木影影绰绰、悄然无声。运河两岸的陡坡上长出了植被，蔓延垂落进水里，轻摇慢摆，漾起涟漪，倒映出柔和的水上世间。街两旁的餐馆和咖啡馆都点起了灯，灯笼那样微弱昏暗的灯火。虽身处市中心，却有一种徜徉乡村的感觉。这是我特别喜欢日本的原因之一，和其他原因一样介于陈词滥调和真实情况之间。好美啊，我说。母亲笑了笑，很难看出她是否同意我的看法。

餐馆在一栋两层楼的二楼，楼梯又窄又陡，上楼如同爬扶梯。我们被带到一张靠近木柜的桌前落座，桌边有扇小窗，能看到楼下的街道。我注意到天又开始下雨了。因为母亲不吃任何活物，我们得小心谨慎地点单。我认真研读菜单，遇到不认识或忘记的字还得靠她的指点。我俩齐心协力点到了合适的菜肴。我能感觉到，母亲为终于能帮上点忙松了口气。

母亲望向窗外，说又下雨了。我顺着她的目光，附和：是啊，又下雨了，就像刚发现似的。母亲又说，十月了，可她一点也不觉得冷，这里的气候看来更温和，只要穿件薄外套就够了。她问我明天会不会下雨，我说不确定，拿出手机查了查，告诉她明天天晴，不过回酒店后我得再查一下。她说上个礼拜她有点不舒服，还担心旅途中会生病，不过她吃得很好，休息得也很好，现在她感觉很好，也没那么累了。我问她觉得今天怎么样，她回答很好。随后，她从包里掏出一本小书，说是在家附近的小店买的，可以根据你的生日算出你的性格特征。她翻到我的出生月，念出关于我的描述。

从出生日期的数字能看出内在性格，她说，和你同年同月同日生的人，年轻时都是理想主义者。为了获得真正的自由，他们需要意识到，他们的梦想是不切实际、无法实现的，要学会谦虚谨慎，只有这样才能获得幸福。他们喜爱和平、有秩序和美好的事物，不过他们完全能活在自己的世界里。

然后她念出自己的，接着是姐姐的。姐姐生日那天出生的人忠诚、勤劳、易怒，易与人结怨并耿耿于怀。她又念出性格配对部分，盘点相处最和睦的命格，先拿她两个女儿来配对，又分别拿女儿和自己配对。

在我看来，有些说得对，有些说得不对，但真正的事实是，这种生日算命法能让别人轻易谈论你、你做过的事、你做事的动因，解开你性格的谜团，归纳为几个典型的个性特点。在他们眼里，或者在你自己眼里，你看起来很好读懂，仿佛是揭露某种真相。但谁又能预测某人在某天做出的某个特定行为呢，更别提在灵魂深处那些隐秘角落，形形色色的行为都是存在的。我想再谈谈这个问题，要是能顺着这个思路走下去，把这种想法明确表达出来该有多好，不过我也知道，她需要相信、想要相信这些东西：姐姐是慷慨的，只有与他人相伴，她才是最快乐的。而我呢，五月钱财不稳需特别注意。因此我什么都没说。

餐食装在两个托盘里送上来。托盘中间是一碗白米饭，两边摆放着盛有蔬菜和配菜的小盘碟，多种味道和口感可供选择。母亲对每样小菜都稍做点评，看起来对我们合力点的菜有十分满意。在我看来，母亲拿筷子的方法总是那么优雅：手指捏住筷子，把食物从一个盘子夹到另一个盘子，筷子两端永远不会交叠起来。我筷子拿得不对，戳戳点点，还横竖交叉，每次模仿她的手法，都以失败告终，食物老是从筷子上滑脱掉落。

进餐时我问她有没有特别想看的，比如某个特别的花园、庙宇和地标性景点。她摆了摆手说什么都行。她说来日本前她看过一本旅游指南，后来没买。不过指南的封面照上是鲜红色的门柱。我告诉她那是在京都，要是她感兴趣，我们可以去参观，我们日本之行的最后一站就是京都。

我先吃完，把筷子平放在碗边，等她。窗外，火车轨道黑沉沉的，安静无声，宛如一条河把道路分隔开。男男女女骑着自行车往家赶，一只手控制车把，另一只手撑起透明雨伞。偶尔会有人停下，到街对面的便利店买点东西。便利店灯火通明，堆满了包装鲜亮的货品，慢慢地我辨识出一些牌子。我模糊地意识到这种场景有点眼熟，特别是在餐馆食物味道的触动下，然而这种体验又有点异样，我想起的不是我的童年，而是母亲在异国他乡的童年。蒸汽、茶和雨水的气味，亚热带的感觉。这些都让我想起她的那些照片，年少时我们一起看过的电视连续剧。还有她以前常买给我吃的糖果，外婆应该也常买给她吃吧。如此熟稔又如此疏离，这种感觉真奇怪。我思忖，在这不属于我的地方，为何我会觉得如此舒适自在呢。

母亲把碗推开，抱歉地说，米饭太多她吃不完。我说没关系，把剩下的饭刮进我碗里，虽然我也不饿。瓷碗底部有个小圆，光滑平整的釉面宛如流动的液体，汇合成蓝色池塘，即便把碗倾斜过来，它也不会动。

我选了东京最繁华区域的一家酒店，一侧是地铁，另一侧能看到著名公园的美景。订酒店时，我看中的不仅是交通便利，更是一种愉悦舒适甚至奢华的入住体验。但现在的我不确定自己的选择对不对。酒店和其他任何昙花一现的酒店别无二致，全世界酒店标配的厚重家具。可能这种毫无特色的设计不具有威胁性，所能提供的也就只有舒适享受了。酒店走廊几乎一模一样，让人辨不清方向，我转错好几个弯才找到客房。母亲冲澡时，我坐在单人床上给姐姐打电话。房间那头有一扇巨大的窗户，又宽又凉的窗台，厚厚的丝绒窗帘，里层还有一层薄纱，可以不加遮掩，也可以若隐若现地看见外面闪烁的光。我把两层窗帘都拉开，远眺摩天大楼楼顶射出的红光，那座高耸的建筑应该就是东京铁塔。

姐姐接起电话，我们互相问好，我问候她的近况。她说她女儿已经连续三天穿同一条裙子，只有洗澡时才肯脱下来，睡觉也要穿着。她说母亲旅日前，有天帮她带孩子去百货商店，她要去办点杂事。她女儿非要买那条裙子不可，我母亲表示不同意后，小姑娘第一次在公开场合大发脾气。惊慌之下，母亲妥协付了钱。姐姐又说，那条裙子又丑又贵，不过她女儿把它当成宝，她似乎在裙子里发现了别的东西，和她内心深处的感受紧密相连的东西，年纪尚小的她还无法表达的东西。裙子太短，姐姐只能在裙子下摆缝了一圈家中多余的蕾丝，即便这样她也知道很快裙子就会穿不下了。此刻，两个孩子在院子里玩，淡淡的小麦色裙子一天天越来越脏。

我姐姐小时候也动不动就光火。我和她提起这点，她说是啊，她记起来了，只不过是到她自己女儿闹脾气了，她才意识到这个问题。我记得有一次，她把玻璃魔法棒狠狠地砸向房子的砖墙。魔法棒里装的是水和亮片，随意变换倾斜角度，里面的液体就会神奇地从一头流向另一头。这根魔法棒一直是我俩的宝贝，现在我们都记不得她为什么要摔碎它，只记得破坏行为造成的结果。我问姐姐还记得当初为什么大动肝火吗，她说记不得了。过去几年，她的怒火已逐渐消失，现在她是出了名的沉着冷静，特别是在工作中，经常因能力出色受到褒奖。不过，目睹女儿的言行，她似乎回忆起了曾经做过的一个梦的细节，也许在她生命中的某些时刻,也有值得为之尖叫、哭泣的事物,身边所有人矢口否认的某种深刻的真相,或者说恐惧,而这种否认只会让你越来越愤怒。现在的她已经无法负载那种情绪,只留下那些记忆,甚至连记忆都算不上,只是某种更疏淡的幽思。她现在所能做的就是纵容女儿日复一日穿同一条裙子,缝上新裙边,让她吃上热乎乎的晚饭,冷眼旁观她错误的认知,力所能及地提供抚慰。

她问起这次旅行怎样,听起来很倦怠。我知道她在准备最后一轮医学考试。通过考试就能成为专科医生,那些医学知识和专业术语在我听来无异于天书。我说一言难尽。我不确定母亲来日本是因为她自己想来,还是为我而来。

吃晚餐时,母亲问起我的生活。我说劳里和我正在考虑要不要孩子。母亲说我们应该要,生孩子是件很好的事。那一刻我没否认。不过我没说出口的是劳里和我经常提起生孩子这件事,准备晚餐时、走路去商店时、泡咖啡时,我们一而再、再而三地讨论生孩子的方方面面,双方轮流补充栩栩如生的小细节,探讨几百种不同的可能性,就像陷入无穷推测中的物理学家。要是我俩都因睡眠严重不足而精疲力竭会多么痛苦?怎么才能多赚点奶粉钱?如何在尽心照顾彼此的同时追求自我实现、获得自我满足?我们为此征求朋友们的意见,他们都很坦诚,对此知无不言。有些人说找出解决方法是有可能的,特别是等孩子们长大些后;有些人说生孩子会充分暴露伴侣关系中彼此最大的缺点；还有人说生孩子是种令人欣喜若狂的极致体验，只要你全情投入育儿中。不过，这些贴心的肺腑之言实际上没什么大用处，毕竟拿别人的生活来比对终究是不可能的。我们的讨论基本上总是绕回原点。我不知道母亲有没有问过这些问题，前提是她有发问的机会。我从没特别想要孩子，可现在的我莫名体会到了生孩子的可能性，就像一首动人而模糊的诗歌。不过，身体中的另一个声音在问：不去了解、不做决定难道不行吗？一切都听任自然，顺从本心，过好当下生活，也许这才是更深刻的真理。任何人、任何事我们都掌控不了，就连这点其实我也不敢确证。

母亲说要给外孙、外孙女买点礼物。第二天我们去了一家大型百货公司，她花了很长时间在过道间仔细浏览。走到儿童用品部，在一件灰色还是蓝色的衬衫、一个大的还是小的背包之间犹豫。她把它们一件件举高，在我身上比划，征求我的意见，仿佛我是面镜子。我说我喜欢蓝衬衫和大背包，尽管我很清楚，实际上很难预料姐姐的孩子们喜欢什么，他们最喜欢的东西和占为己有的宝贝一直在变，难以预料，不可捉摸，似乎受到其他规律的驱使，而我们对这些规律一无所知。这个星期非要不可的心头好下个星期就会惨遭抛弃。同样，曾经被冷落的东西转眼又成了最爱。柜台的售货员用糖果色绵纸把礼物包得漂漂亮亮的，装进礼盒，又扎上精致的蝴蝶结。我能看出母亲很满意，只是我怀疑我的外甥、外甥女根本没耐心一层层打开包装，很可能直接就把包装撕烂。

前夜，我们沿着轨道线旁弯弯绕绕的小街走回车站。夜色浓重，路面一片漆黑，仿佛置身森林黑魆魆的下木层。沿路还有几家营业的店铺，远远望去，亮光就像是从山谷间某个小房子透出来的。自行车随意停在室外，有些木制遮篷下方挂着一两个红色纸灯笼。我告诉母亲路上有家书店很不错，营业到很晚，我想顺路去看看。我和劳里去过那家书店。他的父亲是位雕塑家，通过劳里我才第一次了解到艺术，和他相比，我对艺术还知之甚少。第一次去那家书店，我们惊喜地淘到一套精美的二手艺术书，而且是英日双语的。

我认出书店那栋楼，推门而入，挂在门上的小铃铛发出清脆的声音。书店里很安静，就像一个图书馆，只有钢琴曲在空气中飘荡，聆听片刻，我听出了熟悉的节拍，就是那首曲子，大学时代的某天夜里，我独自走过音乐学院时听到的，在那些特别孤单、略微抽象的时刻，某个乐曲片段听来会特别优美。柜子上放着一盏乳白色的球形玻璃灯，发出的微光如同一支大蜡烛。我漫步在书架间，浏览店内藏书。在书店后方的画家区，我找到一大本关于乡村风景画的精装书，书里有一章介绍了我中学时看过的一系列绘画作品。那时候，我以为这些绘画就是用水彩或粉笔画出来的速写，因为作品只是给出了山川湖泊、沙滩悬崖、田地道路的朦胧印象，所有元素看上去都似幽灵般虚浮无形，仿佛来自一段回忆或一个梦境，就像画家只是用手指把这些胡乱涂抹在画纸上，也可能这些作品完成后不久便被泡在水里，只留下大团色块和墨迹。很久之后，我才了解到这位画家更为人熟知的其他作品——芭蕾舞女和沐浴中的女人。我也知晓了风景画不单纯是用颜料创作的，而是由油墨、印版和纸张构成的印刷技术，最后也可用彩色蜡笔来完工，正是这种二次或三次加工才赋予作品这种消逝的质感，就像从高速疾驰的火车窗户匆匆一瞥或是蓦然回忆起的场景。我把母亲叫过来指给她看，解释创作技法，避免她会产生我当初那样的误解。我还找出其他几本书，给她看几幅我欣赏的作品，心想她应该也会喜欢。雕塑和雕刻的目的就在于捕捉诞生、希望或绝望等生命的本质。每一件作品，我都细细讲解：创作背景、创作意图，还有一些创作环境。我问她要不要我买点什么送给她。她说没这个必要，她不知道该选什么。我说随便什么，选她最感兴趣的就行，可她看上去依旧踌躇不前，没有伸手去挑任何一本书，只是随意指了指说道：这本，听起来更像是个问句。最后还是我给她挑的：一本英国作家写的薄薄的艺术史。收银台的女人和我一般年纪，收银过程中，她问了我几个包括为何选这本书还有和我本身有关的问题。我告诉她我们从哪里来，这次是带着母亲在日本旅行。我们聊了聊那位画家,她说她曾留学伦敦,还去过摩洛哥和不丹。她把书装进纸袋,系上红绳,递给我,祝我们旅途愉快,我接过袋子递给母亲。

离开百货公司后,我们坐地铁来到中央商务区,参观位于那栋五十四层高楼的第五十三层的美术馆。大楼建于辽阔的山丘之上,外观设计带有蓝绿色金属光泽,据称是暗指武士的盔甲。站在顶楼可将东京全景尽收眼底。墙壁由钢和玻璃构成,低矮的城市呈放射状向外扩展,闪闪发光:月光的那种淡紫色和米白色。进入美术馆内,我们被带到一小队游客那里,脱鞋等待。每隔二十分钟左右,十到十二名游客一组进入某个无声的暗室。一位工作人员过来,给我们展示写字夹板上的一张暗室线稿图,解释说室内漆黑一片,不过可以摸着墙壁探路,还会遇到几张凳子,可以坐下来。轮到我们了,我们按照她的指示行进。我什么也看不见,眼前什么都没有,连个轮廓也没有。我们被黑暗团团包裹,沉默不语,某种程度上,这种沉默既令人期待又有点难以忍受。我想起姐姐,此刻她应该在病房工作。我身旁的两个法国人终于忍不住爆笑出声。这时,远处亮起一个橙色小方块,曙光那样淡淡的,像等待黎明的到来那样,我们等了很长时间才窥见它的全貌。它变得越来越大,越来越亮,不过变化速度很慢,让人几乎意识不到这些变化。但因为它是暗室内唯一可见的东西,我们只能全神贯注地盯着亮光看。过了许久,我们被告知可以站起来往前走。我慢慢地朝前挪动，眼睛依旧在适应，此刻房间被合围在一片无法穿透的深蓝色之中，夜晚的那种蓝。突然间，我很难相信自己看到的事物。地面似乎和我的脸在同一高度。走近才发现，和我预料的不同，蓝光不是从屏幕里射出来的，而是从墙上凿刻出的一个正方形孔洞里射出来的，又是一个我没注意到的东西。

我们在美术馆咖啡厅找到一张靠窗的双人桌。我点了两块展览主题"影像"蛋糕和两杯绿茶。享用茶点时，我问母亲对刚才我们看到的作品有什么想法，母亲抬起头惊慌地看着我，就像被点名回答她不懂的问题。我说没关系，她可以实话实说，想到什么就说什么。我又说要是她还有精力的话，我还想去参观另一家美术馆，不是很远，坐几站地铁就到。事实上，美术馆有点远，我只是没说破。我能看出她累了。我本来可以安慰她：别担心，今天我们已经看得够多了，我们可以回酒店休息。可不知何故，我任凭这句话不置可否地僵在那里，似乎在施加某种温柔而坚定的压力。片刻之后，母亲点点头，我也点点头，收起我们的餐盘。

展览展出的是莫奈和其他几位印象派画家的作品。展厅逼仄拥挤，光线昏暗，作品镶在花哨精致的画框里。每幅画自成一体，城市、港口、清晨、夜晚、树木、路径、花园和变幻无穷的光。每幅画表现的并不是客观世界，而是世界可能存在的版本，联想、梦境永远比现实更美好，所以才能拥有永恒的吸引力。我和母亲站在本次展览最重要的那幅画作前，我告诉她，我觉得自己看懂了。

早前她问起我在读的一本书，我说是一则希腊传说的改写本。我一直热衷于这些传说故事。部分原因是它们有一种永恒的隐喻性，可用来说明世间一切：爱情、死亡、美、悲痛、命运、战争、暴力、家庭、誓言、葬礼。我说这就像画家利用暗箱间接地观察他们想要聚焦的物体。有时，比起直接用肉眼观察，这种方法反而能看得更清楚。我说大学时我花了整整一年时间研读这些文本。一开始几节课，我们把桌子拖到教室后面，把椅子围成大致的半圆形，听讲师讲特洛伊战争。母亲煞费苦心把我们送进天主教学校，教会学校有刻板无情的条条框框：衬衫少扣一颗扣子都不行、头发必须长过下巴。和天主教学校相比，这种课桌椅摆放布局的调整也是一种革命性的创新。那个学期，讲师谈起希腊人，最伟大的几部希腊戏剧实际上流露出他们对奴隶制社会的负罪感。在这样的社会中，女性是被"消音"的。而他们最大的负罪感来自对特洛伊城邦的所作所为。特洛伊战争本可以湮灭在历史长河中，然而正是希腊人的悔恨让他们在此基础上创作出流芳千古的悲剧艺术。她又表示，无论是过去还是现在，希腊人的文学和统治方式都是建立在殷勤好客这种神圣的规则上。一开始，特洛伊人带走海伦就违背了这种规则，后来希腊人用难以防御的致命木马计还以颜色，还有传说故事中其他大大小小对规则的冒犯。她说今时今日这种复杂情绪依旧鲜活。她说起自己的童年，她母亲脑子里有本账，一切收支都算得清清楚楚，不仅是朋友间的往来明细，就连每位家庭成员之间的也得入账。她还记得每次去别人家拜访，母亲都会带上完美的礼物。在青春期的女孩眼中，这种繁文缛节常常令她痛苦。母亲还总对收到的回礼评头论足，放在看不见的天平上反复掂量、斤斤计较。小时候他们家住在一幢大房子里，许多亲朋好友都曾留宿，一分一毫都记在母亲的账本上。虽然没人提及，但成年后的她，苦心努力才能杜绝自己在头脑中做出类似的算计。

那一年，我对这位讲师课上提到的每一本书、每一部剧、她说到的一切都求知若渴。我被人物们说话的方式深深吸引，他们用极具比喻性的独白倾诉心声，以无比精准的言辞表达愤怒与悲伤，这种语言的精准度在真实对话中是难以企及的。得知好几位同班同学已经读过这些文本，熟识这些理论和阐释，我极为震惊。对他们来说，讲师的讲述没什么启发性，只是重复那些老掉牙的观点。不仅如此，他们似乎在其他学科上也见多识广：电影、书籍、戏剧和艺术家，讨论中他们会从容地抖出某些标志性人物的名字。有次，班上一个女孩说起安提戈涅相关的一部电影，是那么流畅，那么自然，她的眼光扫过教室，仿佛在问谁也知道这部电影。扫到我时，我立刻垂下了视线。他们怎么会知道这么多人物、这么多作品呢？开学只有短短几周，他们是如何做到读这么多书、看这么多电影的呢？这个女孩轻轻松松就能触类旁通，她看起来是那么个性鲜明、完美博学，和我完全不同。

讲师曾说，知识是一味灵药，我告诉母亲，我赞同这种观点。在天主教学校时，姐姐和我学习都很刻苦。遇到不明白的东西，我就一遍又一遍地去阅读和它相关的一切，直到所有谜团都被解开，我对这个知识点了如指掌。我就像马拉松选手，全凭坚定的意志和坚强的毅力在苦苦支撑。求学时，这种方法我屡试不爽，这种方法帮我领会了所有事物，帮我以最高分通过所有考试。在大学课堂上，我试着如法炮制：读完所有戏剧，然后是关于戏剧的著作，接着是其他衍生作品。我也看电影，读艺术家、导演和诗人的作品。每次都像在做光速旅行，就像一生都生活在一维空间里，只有扯破它的构造，另一个全新的宇宙才能展露在我面前。每次看完一部作品，我都觉得自己完了，被掏空了，这种感觉会周而复始，我的思想被扯开，掉落进一个未知的巨大空间里，气流急速移动，我所有的感官都被吞噬了。这种认知就如灵药，是我的解药。不过，依然有我无法企及的地方。学年末，我已经写了好多关于这些文本的文章，和其他人一样对它们有深刻的理解。我也可以在谈话中自信地引用它们，我知识丰富、头脑敏锐。可我仍然觉得有什么东西、根本性的东西，我还没真正理解。

学年结束，讲师说要在家办个聚会，邀请一些同事和学生。她说她的孩子们也会在场，向我们发出了邀请。我倾慕她的谈吐、学识和风采。她没在学术教学和私生活之间设限，经常在课堂上说一些在受天主教学校基础教育的我看来有违正统却引人入胜的事情。有天她走进教室宣称，她父亲的房子在周末可怕的暴风雨中被水淹了。一切都泡汤了。他们蹚水穿过房子的残骸，捞起所剩无几的书本、相册和传家宝。她像收留难民那样把父亲及其伴侣接回家，接受朋友们的衣物和床上用品救济。她的痛苦溢于言表，她没有试图掩饰这种悲痛，这肯定也是她父亲的悲痛，这让我很吃惊：一丝拐弯抹角、遮遮掩掩都没有。和我家怕难堪丢脸的想法不同，她并不羞于让人看见她的情绪，反而用愤怒和悲伤来消化这件事，仿佛她杀死了某种珍稀动物，把它的皮毛做成了斗篷。我迫切想要取悦她，想要赢得她的认同。我努力学习，写论文时也把她记在心上，不只为取得好分数，更注入了额外的深度和反思。但与此同时，我也担心自己的热情会过犹不及、适得其反，不但不会给她留下好印象，反而会让她讨厌我，所以我表面上装得冷静拘谨，我意识到这种表象其实也挺适合自己。

我不知道聚会还会有谁露面。我拽着姐姐去逛附近的商店，找找适合聚会穿的衣服。那时候的我已经知道这种场合不适合穿礼服，至少不是那种我曾穿着去赴宴的礼服。穿衣妙诀是既自然随意又与众不同，看似漫不经心，不会让人觉得有刻意打造的痕迹。我最后选中了蓝色牛仔裤和亮红色针织 T 恤衫，松松地把头发扎成个发髻，路上买了瓶酒作为上门礼。

讲师住在大学附近的郊区。房子比我想象的还要大，被高高的水泥墙环绕，墙上爬满了常春藤。房子后面有个漂亮的大花园，地上铺了古旧的砖石，还栽着三棵橄榄树。花园中间摆了张又大又沉的木桌，上面堆满了各色食物和饮料，就像我们这学年读到的戏剧中的那些宴席。一条俊俏的红狗欢快地跑来跑去，在灌溉充分的葱绿草地上打滚。我站了一会儿，身处一片浓郁芬芳中，环顾四周，恍然大悟自己在一个种着果树的小果园中。果园里还挂着纸灯笼。

后来我找到了讲师，把酒给她，她亲了亲我两边脸颊。看到桌上那些酒，我察觉到自己买错了酒：我选了那种幼稚可笑的甜酒，和这种气氛完全不搭。不过，讲师似乎并不介意。她戴了一对色彩丰富、明艳俏丽的长耳环，巧妙地修饰和凸显出她的面部轮廓。我忍不住把这个发现告诉她，她笑着指了指班上同学落座的地方。看到他们，我如释重负，很快加入他们的圈子，兴奋地表示此景此情就像我们讨论过的电影中的一幕。那时候，我希望每时每刻都有意义。我沉溺于撕裂自己的思想，沉溺于氛围这块布料上的每一处缝隙。如果达不到这种效果，我就会变得急躁，觉得无聊。很久之后，我才醒悟过来：这种企图让每时每刻变得有针对性，从每样事物中解读出意义的需求是多么令人难以忍受。但那时，我的所有同学都这样。交谈就像柔道，一种永动的锻炼。能和他们畅谈恰当的书、电影，让我体会到微微的满足和喜悦感；当我能发表一些独到见解时，我就像赢得了小小的胜利。我们像跳舞一样交谈，跳到后来似乎都神志不清了。一切都是如此美好，我浮想联翩，可能还大声说了出来。我甚至无法相信这个世界是真实存在的，也无法相信我竟然以某种方式进入了这个世界。

那天晚上快结束时，我绕着花园走进房子。空瓶倒在大木桌上，皱巴巴被酒液染成紫色的餐巾散落在地上。那条狗趴在角落里休息，脑袋枕在爪子上。果园里，苹果核散落一地，有些是新咬的，有些可能是几天前或几周前的。屋内的音乐已经停了，仍然有轻柔的交谈声从花园里传来。我边走边把酒杯收起来，把酒杯里的残酒倒在花园的地上。我在一家餐馆工作了很多年，知道如何清理一大张桌子。我把盘子一个个堆起来，把餐具和餐巾放在盘子上，手指夹住酒杯杯脚倒拿，走进厨房，把食物残渣倒进垃圾桶，把空酒瓶整齐地堆成一排，接着用热水和洗洁精装满水槽，仔细地清洗酒杯和盘子。很快，水变得又黑又浑浊。热水让整个厨房弥漫着陈年葡萄酒浓郁的香气。我把水槽里的污水排空，再往里灌满干净的水和更多洗洁精，把剩下的杯盘洗净。洗完后，把盘子整齐地放在碗碟架上晾干，找出一块干净的抹布擦酒杯，擦得干净透亮，没有任何水迹或污渍，再把它们一排排整齐地摆在料理工作台上。把所有东西都擦拭一遍，洗净抹布后拧干，我便拿起包走了。

第二天，讲师发电子邮件给我，感谢我留下来帮忙清理。她表示其实我不用那么做。她说起暑假要离家几个星期，问我愿不愿在此期间帮她看家和照顾狗。我真不敢相信自己的好运气，竟然有机会再次去她家里，而且这次是我一个人。临行前，我打包了几件干净衣服，拿出一周前讲师装进黄色信封里的钥匙。走在同一条街上，房子似乎比上次看到时显得更大了。我用钥匙打开大门，推门而入，惊扰了爬出内墙的常春藤蔓。狗跳到我跟前，我让它嗅了一会儿我的手，然后弯下腰抚摸它可爱平滑的脑袋，摸到它耳朵后面柔软、温暖的地方，它半眯起眼睛，好像被轻微催眠了一样。我把包放在门口，一个个房间参观过来，想要把一切都看得清清楚楚。日光下，我发现天花板是那么高，光线如何透过几扇窗户照射进来，投在墙上，犹如当代博物馆里空荡荡的壁龛。厨房工作台面上放了个超大果盘，似乎只要用李子、苹果和一串甜津津、熟得发紫的葡萄将它装满就行。橱柜里有菜谱，有干净、时髦、我不曾见过的餐具，比如一个意大利面压面器，研钵和研杵，一个很浅又很重、两端都有弯柄的平底锅。好几面墙都有顶着天花板的落地书架，架子上摆满了书。有些作者我听说过但没读过，还有很多我听都没听过。有一整块区域是关于希腊文学的，还有一块是法语文学，讲师肯定精通这两种语言才能看懂这些书。只待两周实在太可惜了，如果能住上几个月,我就能把这些书统统读一遍,也许这样我就能离讲师身上那种特质,或者说班上女孩那种特质更近一点。

之后几天,我既是客人也是主人。我沿着河边小道遛狗,经过公园,任它带我去它想去的任何地方,它尽情地东闻闻、西嗅嗅,直到心满意足为止。我在宽敞的厨房里翻阅菜谱书,在想尝试的菜谱上贴上书签,把配料仔细地抄写在纸上。第二天我会推着房子里找到的小推车去附近的菜市场。这个小推车看起来比我家附近便宜折扣店卖的那种高级。通常这些折扣店会批发出售地垫、拖把和彩色水桶。每晚我都尝试新菜,仔细遵照菜谱步骤,就像在实验室认真做实验,享受沉甸甸的锅子和搅拌器的分量,排气扇的运行方式,它是如此安静,有时我真怀疑自己根本没打开它,它像变魔术一样把沸水的水蒸气吸走。橱柜里有各式各样的碗碟和刀叉套装,不过出于某种原因,我总是选择同样的餐具,坐在厨房吧台尾端的同一张凳子上,避开正餐大餐桌以及温室旁边的小餐桌,就像迫切地想要把自己在房子里的存在感降到最低。有时,我会给自己倒杯葡萄酒,调暗灯光,放张唱片,把音量调高,让音乐充满整栋房子。若是天气暖和的夜晚,我会把窗户打开,篱笆那儿丁香的香气会飘过花园,飘进屋内,和我简单的一人食、和音乐交融在一起。

我将自己的客人身份记在心里,小心翼翼地绝不窥探任何私人壁橱、打开任何私人物品。我放任自己的眼睛自由地巡视房子表面，屋子里到处都是讲师从各地旅行带回来的纪念品和绘画作品。这么看来，这栋房子就像一座博物馆。我仔细查看每一件展品，有种感觉——这里的所有物品都是讲师精挑细选的，每一样都述说了她或是她家人的一部分，关乎他们所做的选择，以及对人生意义的感受，尽管我也说不明白这是如何做到的。

讲师说过我可以请别人来家里做客。一周后我邀请了姐姐和几位同班同学过来。我做了几道从菜谱书中学会的菜，端到外面花园的大木桌上。午餐时分，也许是因为风和日丽，果园恬静安适，也许是因为我们都是年轻人，喝着酒，聊着天，调侃嬉笑，也许是因为我用代尔夫特餐具那种深蓝色的丝巾把头发扎了起来，那种感觉又回来了：我觉得我们就像置身于电影或照片中那种定格画面，除此之外还有一种理直气壮的满足感。我在厨房里找到几个蓝白小碗，和我自己家的碗很像：碗沿上有装饰性的花边，碗壁上则布满看似半透明的米粒，排列成花朵般的图案。我用这些碗来装自己做的咸甜两种广式甜品，这是母亲的菜谱，也是我此次逗留期间唯一尝试过的甜品方子。

住在那里感觉很富足、很温暖，我一天比一天有宾至如归的感觉。最后一个晚上，我把大浴缸放满滚烫的水，滴儿滴琥珀色的精油。我躺在浴缸里，狗在旁边的地上小憩，一直躺到水开始变凉，又用脚把热水龙头拧开，再次放入热水。就这样躺了差不多两小时，直到浴缸里的水满得快要溢出来，才不情愿地拔出塞子，从浴缸里出来。

后来我给讲师发了封邮件，感谢她让我住在她家，表示一切都很愉快轻松。事实上，我没说出口的是：尽管一切都很愉快，有一种排外感却始终挥之不去，无论是住在里面还是离开之后，我都有一种捉摸不透的感觉。回到家后，我一度觉得很困惑。回到以前的日常作息：我报了门暑期课程，读了更多书，写了更多文章，在几乎空空荡荡的校园里闲逛，彼时校园里只有少数几个师生。短暂的假期过后，餐馆重新营业，我又回去做起服务员，傍晚出门，米饭就着厨房剩菜凑合一顿晚饭，凌晨回家倒头就睡。有时，我陪姐姐或母亲去菜市场，一起做那些做惯了的家常菜。吃饭时，我们不会像讲师家那些同学那样讨论希腊文学、语言和电影，我们聊的就是一日三餐和食物本身，食材新不新鲜、便不便宜。我没提起在讲师家尝试过的不同事物，几近堕落的单身生活方式：每晚一杯红酒在握，思考白天种种。有时我觉得自己在由外而内地生活，我重新捡起属于自己的一切——衣服、化妆品、书——就像它们不是我的，而是某个陌生人的。我看着这个种过盆栽树的小脚白色花盆，鄙夷和不屑一瞬间划过心头。厨房里那些蓝白小碗，我们平时的饭碗，和讲师家的碗一模一样，但又截然不同。我意识到部分问题在于我看见了这些东西，我注意到了它们，而之前我根本都不会多看它们一眼，可我依旧搞不懂问题的原因和结果。一天我突然有了个想法。我惊觉讲师家其实就像个博物馆，或者说像某些历史课：平稳流畅的一条动线。相比之下，我家就是后现代排列组合：一堆杂乱的颜色和噪声加上年深日久的大小物件。我必须努力保持安静、学会忘却，而这些让我不由自主地感到隐隐约约的羞耻。我想不出其他说法。乍看起来并没有什么不一样，只是之后很长一段时间，我不再读希腊文学。很久之后再翻开那些书，却发现它们对我的吸引力丝毫不曾减退，这点真令人沮丧。

那时的我已经对蓝白瓷器有所了解，它们在讲师家和我自己家以某种形式存在着。我在某个并不熟识的朋友的家中浏览过一本东亚艺术书，我在书中看到一张图片，上面是两个蓝白花瓶。那时所有人都在厨房聊天，只有我停止翻页，弯下腰凝视这张图。我一下子就认出了这种图样，只不过这两个花瓶有明显的不同之处：它们的型制端庄典雅、线条圆润流畅，工艺更为精湛，白是那种莹润的奶白色，蓝是那种更浅淡的蓝，就像是用刷子刷上去的。我读到中国制瓷业已有数百年之久，瓷器不仅远销欧洲，出现在伦勃朗·范赖恩的画作里，更传到中东，甚至《古兰经》的经文瓷牌中也有它的踪影。我还了解到瓷器曾经长期被视若珍宝，部分是因为瓷器烧制在很长时间里一直是未解之谜。销往欧洲的瓷器制品，在传统的莲瓣纹样和如意云纹之外，还巧妙融入了荷兰建筑或基督教图像。这些根据欧洲人特殊需求定制的瓷器,通常被称作"外销瓷"。后来,中国瓷器制造的秘密被德国人和英国人接连破解,中国瓷器也就变得没那么独一无二,对它的需求也就没那么旺盛了。

我转头看向母亲。她还在看莫奈那幅最出名的作品,双脚像伴着音乐节奏一样来回摆动,可能是累坏了。我说有时候我也理解不了美术馆看到的作品或书里读到的东西。不过,我也明白那种"你得有自己见解和观点"的情绪压力,特别是要清晰明确表达看法的焦灼,而这些往往需要接受特定的教育培训。这样,你才能谈起作品的历史和背景。从许多方面来看,这就像说一门外语。长久以来我对这门外语深信不疑,全力以赴想要娴熟地运用它。但在现实生活中,我越来越觉察到这种响应也是一种错觉、一种表演,不是我在追求的东西。有时我盯着一幅画什么感觉也没有。如果有感觉,也只是一种直觉、一种本能反应,无法诉诸文字。把这种感受诚实地说出来很正常。最重要的是要坦诚,会聆听,知道什么时候该说、什么时候不该说。

我们走过青山陵园。那些著名的樱花树光秃秃的,周围耸立的石碑如同小型神社。与其说是墓地,不如说是给小小神灵提供的栖身所。有些墓地被木门或木篱笆围了起来,有些墓地立着小石头灯笼,摆放着石头花瓶,里面插着花。石头、苔藓、清扫后的落叶、木桩上的题字。我不由想起了森林和修道院。稍早时候，我们去了小金井公园内一个大型户外博物馆，很多日式老房子被运过来重建，还原成日本江户时代的样子，让游客对那时的日常生活有所了解。某栋房子里的女人请我们坐下，给我们奉上热茶，茶是用炉火上的水壶泡的。茶有花香，不甜，我看见茶杯里有一朵粉色的花。女人解释这是用盐腌渍的樱花花瓣。打量着房子光裸的脏地板和柴火炉子，母亲说想起了她小时候的家。这房子怎么可能有两百多年历史了呢？我知道她的重点是房子的光地板、不通电的厨房和逼仄的昏暗。香港有的街道就是这副光景，小村子的遗民挤满了摩天大楼夹缝中的城中村，大楼间电线和晾衣绳纵横交错。小时候她见过有人从五层楼阳台跳下来，还有次看见有人在路边打狗。

我突然想到母亲在我这个年纪已经在一个新国家开始了新生活。初为人母的她可能还盘算过自己还能探望娘家几次。我努力想象她刚移民的那些日子，可还是力不从心。她有没有想家？那些和老家截然不同的街道、板房会不会让她心生敬畏？让人精疲力竭的往往不是大变故而是那些数不清的小事情——超市货架上的商品虽然琳琅满目，但你买不到粉丝、某种特定的大米；早餐桌上的笋尖、葱丝拌皮蛋也被淡而无味的牛奶麦片粥所取代；过马路时汽车里的人不知何故朝她大声嚷嚷；虽然她操一口几近完美的港式英语，银行出纳员还是听不明白。

喝完茶后我们漫步走进一座老旧的公共浴室。一道低矮的隔墙把大澡堂一分为二，男女各一半。四方形浴池挖得很深，铺着淡蓝色瓷砖。墙上装了一排水龙头和镜子。我向母亲解释：通常女人们会坐在矮凳上先把身体洗净，再进入大公共浴池泡澡。头顶是大幅壁画：蓝天、山峦、绿植、白云和一个蓝色大湖，和儿童绘本中的插图一样简单可爱。母亲抬头看画，昂着脖子轻轻叹气，仿佛这不是一面手绘墙，而是一片壮阔绚丽的远景。我拍了张壁画的照片，这些色彩让我想起六七十年代奥运会等体育赛事的宣传海报，还拍了那些蓝色瓷砖。我问母亲要不要和我一起去东京的公共澡堂。上次日本之行我就体验过，很享受女人和孩子们一起泡澡的经历。母亲说她没带泳衣，我说没关系，事实上澡堂里是不准穿泳衣的。母亲笑了笑摇摇头。我想起澡堂里紧贴在母亲身上的婴儿和小孩，母亲一手护住他们的眼睛，一手撩水浇过他们头顶。这些孩子肯定觉得从未与母亲真正分离，依旧拥有相同的身体、相同的灵魂。我知道姐姐和我曾经也有同样的感受。这次旅行中，母亲经常比我先穿衣打扮准备好。要是我正巧醒来，看见身着睡衣的母亲起床，她也会飞快走进洗手间更衣，甚至还会像日本人那样在把门关上时微微欠身。

我们坐早班火车去茨城县。我们推着行李箱向车站走去，天色昏暗，黑得如同昨日美术馆的暗室。脚下的路面仿佛闪着微光，我们与几个赶去上班的行人擦肩而过。他们穿着棕色翻领长外套，有些揣着薄薄的公文包。我告诉母亲今天要花几个小时，稍微绕道去某个地方。我本来担心会错过火车，来不及换乘接驳车，所以急匆匆地带着母亲冲出酒店，事实上到了车站后发现时间绰绰有余。火车时刻表上显示更早一班火车几分钟内即将进站。我让母亲看着行李守在原地，我奔向车站另一头的售票机。我记得这种售票机有改签服务，我也清楚可能来不及改。我晓得这时候和母亲分开她会有些担忧，镇静表面的背后，她的内心肯定在祈祷我加快动作。我把车票插进去，点击按钮，选择英文界面，担心火车随时可能进站。我飞快地在屏幕间切换，机器终于把车票吃进去，停顿好一会儿后吐出两张新票。我抓起车票向母亲跑去，母亲挥舞着双手，就像激动地在给我加油，这时列车正好驶入车站。

找到座位后，母亲接过我的外套，翻开车厢上的塑料小挂钩，把外套挂在钩子上，我把包塞进头顶的置物架。我问母亲要不要看我带的书或早上从酒店拿的报纸，母亲摇摇头说她只要看风景就好。她把双手放在大腿上，坐得笔直，专注地看着窗外飞驰而过的乡村。列车疾驶，看出去什么都变得模糊不清，只有色块和线条，毫无令人舒心的细节可言。母亲说我舅舅很喜欢火车，他肯定会喜欢这种新干线，只是他没什么机会坐。

记得母亲讲过舅舅的一个故事。我只在回香港的几次旅行中见过他。他很瘦、很沉默，虽然没上过大学，却有一种大学生的书卷气。和母亲一样，他对着装仪容很讲究，总穿烫得笔挺的白衬衫和黑皮鞋，微卷的头发梳向一边，一副三四十年代华语电影中的派头。母亲说舅舅和附近街坊其他男生都不一样，他非常和善体贴。他给花鸟市场的一个男人打工，有时甚至会把鸟带回家。少女时代的母亲很喜欢家里有这些可爱的鸟儿。母亲和舅舅差八岁，外婆曾经两次流产。母亲看着她的兄长清洗鸟笼，有时舅舅也会让她帮忙给水盒加水：她把水盒拿到厨房洗涤池里装满水，再拿回给他——她小心翼翼地一滴水也没洒出来——舅舅再把水盒放回重新铺好干净报纸的鸟笼里。

一天有个男人来店里逛了很长时间，让舅舅把鸟笼一个个拿下来。鸟笼挂在天花板的长钩子上，舅舅要用一根长长的杆子把它们摘下来。他总是稳稳当当地把鸟笼慢腾腾地拿下来。他知道要是动作太快太猛，鸟儿们会受到惊吓，在笼子里乱飞，它们的腿或翅膀可能会受伤。男人最后选了两只最漂亮、最贵的鸟，心形胸脯、红色羽毛的鸟。男人表示这对鸟是送给女儿的礼物，开玩笑说：它们是天生一对。这是舅舅当天最后一笔生意，之后停止营业，先关上木质滑门，锁好，再拉上金属折叠门。

那时候是雨季，舅舅常常冒雨走回家。有时雨来得又急又猛，令人猝不及防，来不及打伞就成了落汤鸡。无论走在哪里，鞋子、裤脚全都湿透。但眨眼间，雨又停了，取而代之的是让人喘不过气来的闷热。每个月发薪日，舅舅拿着装薪水的信封回家，拿出三分之二给外婆，自己只留下一点点钱。

母亲告诉我，某天早上，舅舅打开木门门锁，发现折叠门外已经有人在等。透过门上的菊花图案，他看出是位女学生，穿着附近女修道会学校的校服。校服和他原来学校的校服很像，只是他十四岁就辍学打工了。女孩手里捧了个鞋盒，盖子上打了六个洞，像是用普通铅笔戳出来的。舅舅打开盒子，里面有一只鸟，就是一个月前他卖给男人的其中一只。鸟儿虚弱无力，抖个不停，躺在像是旧校袜撕成条铺成的鸟窝里。舅舅取下一个鸟笼，把鸟轻轻放进去，随后把鸟笼彻底清洁一遍，把栖木调低，尽量接近鸟笼底部，放入新的报纸、食物和水。女孩离开去上学。后面几天，舅舅在店里上班时，一直把鸟笼放在与眼睛齐平的位置，天气暖和时，把鸟笼移到阳光斑驳处，下雨时，悄悄拉上几扇纱门给鸟儿挡雨。后来鸟终于能飞上栖木，随着它情况一天天转好，舅舅也把栖木越放越高。最后舅舅用一块厚布把竹编鸟笼盖住，提着它去了女孩家——她家在一条著名的街道上，是那种院落式的大宅子。

之后的日子里，母亲经常看见舅舅和女孩在一起——一块儿骑车穿越城市，在路边小摊排队。有时他们会叫上她，带她去本地糖果店，装上一袋话梅和糖果。她渐渐熟悉了他们的约会地点——公园的喷泉、女孩学校的转角。不用说,女孩的父母不同意他们在一起,因为舅舅是个没受过正规教育的穷光蛋。多半时候他们只能制订计划,偷偷约会。母亲几乎也成了同谋,十岁的她是默契的女伴,她的存在能轻易给他们打掩护。听母亲讲述这些时我经常揣摩母亲当时的心情。她还小,那应该是她第一次近距离地接触到爱情;但她应该也到了对爱情好奇的年纪。她可曾留意,当她坐在兄长的自行车上,或者在游乐场玩耍攀爬时,身边两个人忽然心无旁骛地专注于彼此的情形?即便在为她买糖果,或是多买一张电影票时,他们的思绪也根本不在买东西这个动作上,他们的打趣是为了博对方一笑,那时他们是何等快活啊。目睹这一切的她,是不是在思考或想象她自己的未来?

舅舅一直对照相机抱有浓厚兴趣。他用自己微薄的积蓄买了台二手相机。每次外出,他总会带上相机拍照。因为他是那个拍照的人,所以这段关系留下的唯一记录就是母亲和女孩的合照。母亲说这些照片还在,他们在公园的喷泉前拍了好几张:母亲站在台阶上,女孩笑眯眯地坐在她旁边,一袭长裙,身后的泉水像银黑色的盘子。母亲说那个时候她就已经感觉到女孩很成熟,像个大人。她穿到脚踝的白色学生袜,用一条彩色厚带子把书本绑住。她很漂亮,有那个年代人们欣赏的苍白肤色,秀发用一根坠有两颗白色小珠子的弹力头绳绑成马尾。她对母亲总是很友好，一直叫她"小妹"，有天她悄悄告诉母亲，他们计划学年结束就私奔。

当然，尽管他们谨小慎微，这段关系还是尽人皆知。女孩告诉了她学校里的姐妹，舅舅的老板好几次看见女孩在店外等舅舅。街坊邻里和熟识的朋友常看到他们一同骑车去海湾，或在当地小酒馆分吃西餐，这俨然成了人尽皆知的秘密。

那天，舅舅在女孩学校附近的老地方等她，女孩没出现。舅舅来到女孩学校，她的一位同班同学说那天女孩没来上学。舅舅来到女孩家，鼓起勇气按下门铃却无人应答。他绕到街边，爬上旁边一棵树，透过窗户往里看，所有房间都空荡荡的。后来，他又回到大门口等着，除了等似乎没什么别的事可做。最后，管家可怜他，从屋里出来说，女孩全家搬去美国，再也不会回来。话落，她转身背对舅舅，说本来她不确定要不要告诉他另一件事，不过还是决定和盘托出。临行前女孩让她给舅舅捎句话，让舅舅等她，她总有一天会回来的。母亲解释，除了没钱、没正经上过学之外，舅舅还有心脏病。医生曾说舅舅活不到成年，可舅舅活下来了。不过，即使那时候他知道他们在美国哪里，他有足够的钱，他的身体条件也不允许他坐飞机。除了向管家道谢、回家，他还能做什么？舅舅后来继续工作，调理身体，存够钱后在女孩家附近街区买了一室户小公寓。女孩家搬入了新住户，舅舅常常从房前走过。后来，舅舅换了好几份工作，最后供职于一家报社。公司问他愿不愿意搬到其他城市，担任级别更高、薪酬更好的职位，被舅舅婉拒。尽管舅舅再也不卖鸣啼鸟，但他自己一直养了只黄色小鸟。有时为了找到中意的鸟儿，他会寻遍所有花鸟市场。他没结婚，也无子女。后来他们收到一封信，这封信跨越重洋而来，装在一个浅蓝色的国际信封里，信封边沿饰有红色和深蓝色条纹。信中字迹工整有力，内容讲述了一段仿佛平行人生的奇妙历程：抵达陌生国度，进入新的学堂，思乡之苦与心痛渐渐消散，接着是大学时光，不期而至的爱情，继而是职业生涯、婚姻生活，最后迎来子女的降生。原来的女孩变成了女人和母亲，她曾经通过好几位共同的熟人探寻舅舅，还想过再给他写信，甚至打电话叙旧。尽管舅舅试过好几次，却依旧无法好好给她写一封回信。

小时候母亲给我讲过好几遍这一版的故事，还有其他关于贫穷、家族和战争的故事。成年后的我有次问起舅舅，让母亲给我看看那些她曾详尽描绘的照片，不想她却皱起眉头，说她兄长从未经历过这种事，他在街上的文具店工作过，从没在花鸟市场卖过什么鸟。没错，他是有心脏病，所以一生都未远离小时候生活的街坊；没错，他是没结过婚。

我向姐姐打听这个故事，可惜她也说记不得了。后来又说这故事情节听起来像她中学时看过的一部电视剧。第二天,她又打来电话说在做人生第一块甜米糕,就是我们小时候吃的那种甜糕。她是在一本杂志中发现的方子,虽然很长时间没想起甜糕了,却一下子认出了它。原料貌似简单至极:米粉、水、少许糖和一点酵母,只要把这些混合起来,上锅蒸熟,自然冷却即可。她从母亲那里借来大蒸锅,糕在锅里蒸着,好让她的孩子也能尝尝甜糕,记住它的味道。她又提到她记不清母亲口中舅舅的故事了。她对母亲家族唯一印象较深的是回香港参加外公葬礼。那时候她大概六七岁。和很多童年回忆一样,留下的只不过是大致的印象和深深的感怀。她记得睡在一张陌生的床上,盖一条粉色菊花图案、毛巾质地的薄毯。她记得这是某个远房亲戚让给她的,她甚至不知道那人是谁。房子里整日挤满了人,坐着聊天,或在厨房进进出出,他们像在家里一样自由自在,不像她那样拘束。姐姐说在小孩子眼里,分不清家人和陌生人,让人无所适从。很多人对她不可思议地和蔼可亲,经常会出其不意地给她东西,一颗糖、一块点心,还会试着和她说粤语,可她既不会说也听不懂。他们也知道这点,可还会继续说,好像只要对话双方下定决心,就能神奇地理解彼此。姐姐通常面无表情地瞪着对方,直到最后每个人都摇头放弃,转身走开。整个回乡奔丧之行,她只会几个诸如"是的""谢谢"等粤语表达。和其他孩子不同,她什么都不懂,帮不上什么忙,大人们宠着她,但她常常只能一个人待着,蜷缩在红木椅子上,不是玩表哥的任天堂游戏机就是看电视动画片。有时，她会去瞅瞅外面小院里的石狮子——装饰用的大爪子还抓了个小球，她会借来一双粉红色人字拖，拖鞋对她来说太大，穿旧了，磨损了，鞋底还有鞋子主人的深色脚印。分派给她的唯一任务是淘米，一遍又一遍地淘洗，直到奶白色的淘米水变得清澈，这是小孩子都能做到的再简单不过的事情。夜里，她醒着躺在床上，伴着呼呼响的电风扇，听大房间里家人们说话。

她说也记不清外公葬礼了，只记得墓地在高高的山上，大大小小的灰色石碑，要爬很多很多台阶。整个出殡仪式，她都恍恍惚惚的。虽然人们用善意和仁慈对待她，她还是觉得自己在其他人的看管下，就像在对小动物施舍宽仁，因为他们不知道还有什么更好的方法，不知道怎么控制它们的本性。她不懂如何举止得体，理不清新环境里复杂的亲戚关系。和我们小家不同，在大家族里永远没有独处时间、歇息时间。每个人似乎永远在为别人忙忙碌碌，这让她觉得自己一无是处、碍手碍脚。家人们无疑都感到悲痛，但在她眼里，家中祭坛相框中的男人、落葬的那个男人，只不过是陌生人。她还记得那天的金箔带字纸钱，纸钱外包装是亮紫色，接近洋红色。在灰色阴郁的石碑和水泥台阶的映衬下，纸钱分外鲜艳炫目，简直算得上美丽。纸钱就像游戏里的纸币，也是五颜六色的。她学着其他人的样子，排队把纸钱扔进火堆里焚烧，没想到这时风向变了，她的眼睛一不小心被烟熏到，差点流出眼泪。在那天余下的时间里，她觉得很无聊，心情很差。大人给她一小碗祭祀供品，她满不在乎地飞快放在石板上。她知道这个动作会让母亲在亲戚朋友间丢脸。最后有人给她买了个冰激凌，她就在萋萋荒草和潮湿空气的包围中蹲着吃起来。

第二天他们开车去邻近街区的一家珠宝店。她在珠宝店看见了另一头石狮，还有一尊佛像，慈眉善目、手指纤长，她认出是观音菩萨像。店里有个盛水的玉雕碗，碗底还雕了两条锦鲤，在芦苇和水草间游来游去。因为采用沉雕手法，两条鱼仿佛真的畅游在水中，活灵活现。进了店里她才羞愧地意识到，他们是想给她买件礼物带回去。

他们拿出各式珠宝评论着。有不透明的白玉，也有半透明的棕色玉石，看起来和他们前几天吃的皮蛋没什么两样。还有的玉是细腻柔滑的深绿色，让她联想到山顶和墓地生长的苔藓。最后，姐姐没有选择什么玉饰，而是选择了更像玩具的东西。柜台上有一摞像小书或是小盒子一样的玉件，上面是蓝绿色布罩，用红色蝴蝶结绑了起来。把布罩揭开，玻璃后面是只小金龟，还有一块石头。一打开盒子，乌龟的脑袋和脚就会颤动起来，小脑袋还会摆来摆去。姐姐迷上了这个小盒子，拥有这个小宝贝似乎抚平了她过去几天的陌生感和混乱感。回到家后，每次大家迎来送往、热热闹闹吃饭时，她都会偷偷溜走，打开盒子，看着小乌龟表演它稳妥的舞步，仿佛真的在水里游泳似的，尽管现实中它哪里也去不了。回程中,她认认真真地给小乌龟打包,把它塞进短袖衫里,然而再打开时,她发现那块用廉价胶水粘住的玻璃移位变形了,小乌龟再也动不了了。

姐姐说后来她只回过香港一次。作为新手住院医师,她去九龙一家酒店参加医学会议。她已经几乎认不出香港了,像是第一次而不是第二次拜访这个地方。灰暗的摩天大楼、丰茂的亚热带树林、苍翠的山顶、海湾,和谐共存,这种陌生感是她始料未及的。她觉得这个城市美得惊人,很难相信自己竟然来过这里。那时,她已经读完医学院,在一家繁忙的公立医院工作,她清楚这是对她的考验和历练,是她成为专科医生必不可少的经历。她工作顺利,受邀来这个外国城市,在这场声誉卓著的内分泌学会上发言。她几乎忘记上次来时自己还是个别扭、倔强的小孩,那个无法照顾自己,还把祭品无情扔向坟墓的小孩。为了参加这次会议,她打包了一件齐腰灰色西装外套,里面是简单的白色圆领衬衫,下身是配套阔腿裤。会场昏暗而拥挤。演讲嘉宾都很出色、很有斗志。她明白自己能从会议中获得提高。会议组织方在大堂给了她一张有她姓名和照片的挂绳证件牌。

晚上,她没有参加例行社交酒会,选择去看看这座城市。她决定不坐地铁,而是搭出租车或乘天星小轮。渡轮穿过维多利亚港,她脱下外套,抵着船舶柱的扶手小心地折起来。那天早上她用发夹把头发规规矩矩地夹住,现在海风吹拂她的头发,一簇簇短发在她脸上乱飞,让她有种自由自在的感觉。海面有时波浪起伏,有时光滑如镜,她靠着栏杆,小臂搁在折起的外套上,凝望眼前这座被傍晚金色薄雾笼罩起来的城市。

她本来打算联系香港亲戚,可出发前工作太忙,一点时间都抽不出来。到了香港,她再次提醒自己要和亲人联系,不过她想先给自己留点时间,一整年她都在努力学习和工作,现在她想放纵自己、好好享受。而且她在大会上认识了一个年轻研究生,他和她一样勤奋能干,这个年轻人后来成了她的丈夫。他的言谈举止和她多年养成的类似:决断果敢又善解人意,有同理心,与此同时又有让人舒适的冷淡。他的家人在台湾,也没什么探亲的打算,这点也和她很像。现在,她对作为丈夫的他再熟悉不过,已经深深习惯了他的存在,几乎想不起曾经被他突然出现在房间吓一跳的时候了。不过她还记得,至少她觉得自己还记得,还没充分了解彼此前,两人相处中那些令人陶醉的温馨时刻。休息日,他们爬到洒满阳光的太平山山顶。山顶观景台有投币双筒望远镜,和其他游客一样,他们把硬币塞进投币口,从望远镜里看山下的都市。上山途中,姐姐就已经注意到山上的狮子亭,每隔几步就有小石柱,石柱上蹲着一只只青灰色的小石狮。第二天,他们去了大屿山,乘坐玻璃地板空中缆车,看到了几百级台阶上的那座青铜大佛。她在广东道买衣服,他就耐心等她。夜里,他们在人头攒动的小酒吧和餐馆间迷了路,她喝了好多免费饮料。她在所有这些活动中慢慢意识到她可以和这个男人交往。和她一样,他做事尽心尽力。从他的一言一行中,她能感觉到他重视稳定,他规划的人生道路是四平八稳的。就像看过患者检测报告和病史后,要进行更准确的身体扫描或X光检查,即使她对疾病治疗束手无策,但对检查结果还是比较有信心的。

不知为何,刚认识的时候,在某次交谈中,她任由他误以为这也是她第一次来香港。事实上,她自己也承认,扮演一名游客的角色,通过这种方式来畅享这个城市更容易。她没提到城里的家族亲戚——她依旧不清楚他们住处的确切位置。会议临近结束,她对自己说已经太迟了。几年后,她依然没向丈夫澄清这件事,只不过,她还记得在太平山顶透过望远镜观景时,有那么一瞬间,她不知道自己能不能碰巧看见好多年前去过的那个墓地。

最后一天会谈讨论间隙,她乘露天自动扶梯来到一家大型百货商店。最安静的顶楼有家珠宝店,所有饰品都被放在明灯照耀的玻璃柜里,衬着雪白的丝绸。穿灰色西装、戴白手套的店员肃立一旁。姐姐俯身浏览展示柜,把手放在柜面上时,金表碰到玻璃发出妥协的轻响。她表明自己不会说粤语后,柜台后的男人立刻切换成英语。姐姐知道自己不能逗留太久,还得赶回去开会,但和上次亲戚们送她礼物一样,她也知道自己要从店里买点什么留作这次旅行的纪念。最后，她选中了一个形状抽象的扁平玉坠，白色多过绿色，嵌在银色金属饰环上，戴起来贴合肌肤。她说这个玉坠让她想起中国古币，还有墓葬中的玉璧，那时人们深信玉器具有灵性，可防腐，令尸体长存不朽。

那天我心心念念想去拜访一座教堂。据闻，那是一栋极其优美的建筑，出自某位著名建筑师之手，坐落在大阪近郊。我对母亲解释，我知道她不是那个教派的教徒，可这应该会是一段有意义的生命体验，但愿我们花费的时间是完全值得的。早些时候在列车上，我沉浸在对舅舅和香港的遐想中，转头一瞥，只见母亲把头靠在窗边座椅的靠背上，双眼紧闭。我们把行李存放在车站的寄存柜里，转乘郊区线。途中在一家小面馆吃了午饭。面馆外面有人排队，队伍不长，店员动作很快，效率很高，这种能力和速度是面馆长年累月专营一种食物锻炼出来的。面装在大碗里端上来，面碗内壁是白色的，绘有复杂、密集、沉闷的图案，外面则是西瓜红和黄绿色。让我想起小时候饭店里经常看见的饭碗。在历史的某一时期，这种图案肯定出现在那些精雕细琢的餐具上面。就像那著名的蓝白青花瓷，得到人们的鉴赏和珍视。亚洲和西方贸易一开放，它们就流传到世界各地，几经转手，在不同艺术家手里被复制，延续至今，如今这个版本被工厂加工出来，成千上万地销往全球。

室外很冷，车厢内很暖和，一碗汤面下肚，我们都有点昏昏欲睡。走过城郊街道,路旁是木头电线杆,头顶是纵横交错的电线。路很窄,没人行道,只有柏油路面上划出的白线标记出可以走路的地方,偶尔会经过一排便利店、小店和咖啡馆,通过明亮的立式招牌,远远就能辨认出来。参观户外博物馆那天,我们经过一栋木屋,里面有乐器声飘出来。母亲放慢脚步,我察觉到她想进去,转身领着母亲进门。屋内,两位女士躬身在演奏一种长长的乐器。母亲兴奋地说这是日本筝,有点像她小时候在收音机里听到的中国古筝。我也认出了这种曲声,有时古朴凝重,有时单调零落,有时又像手指飞速划过钢琴琴键时轻快流畅、起伏跳跃。她们右手三根手指套着假指甲,看起来就像形状优美的白色爪子或长指甲,她们用指甲套拨动琴弦。母亲看得入了迷,津津有味听了好长时间。我们离开时,母亲问要不要在这里买张古筝曲CD。

找寻教堂的过程并不容易,最后我们终于在一个安静的街区里撞见了这栋盒子似的低矮建筑。清水混凝土的教堂墙壁,吸收了大部分阳光,教堂内部因此变得暗淡无光。地面不是平的,而是微微向下倾斜,仿佛一切事物都向朴素的朝南圣坛聚拢。圣坛后方的墙壁上凿开两道大口子,一道从地上直达屋顶,另一道与地面平行,这般呈现出一个巨大十字架。我们坐在那里,所有注意力都被这个大十字架所吸引,从缝隙中涌入明亮的白色光芒,与室内沉闷的气氛形成巨大反差,达到震撼人心的效果,仿佛从洞穴口直视外面炫目的日光。我对母亲说，可能这就是置身原始教堂的感觉，那时天地万物、一切生灵依然遵从发自内心的神圣自然力。我又解释：按照建筑师的最初设计，十字架是不用玻璃封起来的，这样空气、光线和其他气候变化都能按照上帝的旨意，从十字缺口中进入室内。

天气阴沉寒冷，教堂里只有我们两人。我问母亲对灵魂有什么感想，她沉思片刻，随后盯着我们面前刺目凛然的白光，说她觉得从本质上来说我们什么都不是，只不过是一系列知觉和欲望的载体，所有这些都是不能长久的。她在成长过程中从未把自己当作一个独立个体，总是与他人有着千丝万缕的联系。如今人们渴望了解一切，自信他们能理解一切，过了拐角就能恍然大悟。但事实上，这是个人无法掌控的，即使理解了一切也无法减轻任何痛苦。我们这辈子能做到的，就是像烟雾穿过树枝那样度过余生，忍受它，要么达到一种虚无的境界，要么换个地方继续忍受它。她又说到了关于善意付出的人生信条，行善积德，仁爱好施，才能一生福报不断。她转头看着我。我知道她希望我在这一点上附和她、站在她那边，可惭愧的是我发现自己办不到，甚至连装都装不出来。我看了看手表说参观时间快结束了，我们该走了。

下一段行程我本来安排了古道徒步，穿过连接日本历史都城的森林、城镇和群山。但我很快意识到这种计划不太现实。这几个星期都在下雨，路肯定变得又湿滑又泥泞。母亲没带合适的徒步鞋，虽然我提醒她带了。原本我很想说服母亲和我一起徒步，转念一想这样对她似乎太残忍。自从上次相见后，她的模样已经发生变化。她以前总是显得很年轻，至少在我心目中，她的形象一直和"年轻"联系在一起。这次旅行中，凝视她疲倦或休息时的侧面或正面的脸庞，我终于意识到现在的她已经升级为外婆了。但很快我又会忘记这些，看到的依旧是占据我整个童年时期的她，她的这种形象奇妙地固定在那里。只是，不过数日，这一形象又再次被打破。我对母亲说，要是她不介意，我可以一个人去徒步。这样我们得分开一天一夜，她可以住在车站附近的日式传统小旅馆里。这个小镇很大，但她只要待在以旅馆为中心的一定范围内，不用冒险走很远就有很多值得游览的地方。我会先搭乘火车，第二天开始反方向徒步，晚上就能和她会合。

我在小旅馆里打包了一小包衣服，把它们一件件紧紧地卷起来，这样就能最大程度上减少所占空间。随后我又打包了一个小小的野营气炉、一个大水壶、一件轻便雨衣，把剩下的行李交给母亲保管。我问母亲要不要在我动身前一起喝杯茶。我们席地而坐，中间隔了个黑色铸铁茶壶，那种很黑、很烫，提起来倒茶很有手感的茶壶。房间里充斥着烟火和刚煮好的米饭的味道。我告诉她我想到了她昨天说到的与人为善。我问她还记不记得大学第一年我在河边郊区一家中餐馆找到的第一份工作。那是家很漂亮的餐馆，一度非常有名，虽然陈旧过气了，却依旧保留着那种气氛。特意调节的包房灯光朦朦胧胧的，黑色地板是铮亮的。餐厅重视正式礼节，一切讲究按部就班、井井有条，仿佛为了创造出一个流动明畅的世界。我们的制服是黑围裙和黑鞋子，中式小领口衬衫有着象牙色布扣，让人联想起模模糊糊的远东地区。店里指示我们每天晚上化淡妆并把头发扎起来。每晚上班前我都郑重其事、一丝不乱地把头发盘起来。其他女服务员都在二三十岁，在当时的我看来她们个个都是独特的大人模样，我记得餐厅对我们的期望是努力工作，认真看待餐厅声誉，仿佛如果把它看成某种宗教信仰或某种信念，它的声誉就能保持得更久一点。

我说她也许还记得我那时的男朋友，和我学同一门课程的男同学。我隐约知道，他也有个姐姐，他小时候家里很穷，他没怎么说起过他的家人。他做事认真专注，脸部轮廓分明，显得青春洋溢，不过我也清楚，这种容貌上的优势，随着年龄增长，才会体现得更为明显。他学习刻苦努力，还经常去健身房。他身上没什么让我反感的地方，但我感觉从本质上来说我们就像陌生人。他也常常亲昵地说我有点怪，某次随口提及我太把餐厅的工作当回事。我不同意他的说法，可当时的我并没反驳他。当时的我凡事都很较真。我勤奋学习，只是因为我真心相信读书是为了追求更高的目标，而我又喜欢按照一套严格的方式去生活，一生只想把一件事做好。我对待餐厅的工作也是如此。每次上班前,我都把头发紧紧地盘在脑后,用发夹固定。并不是我喜欢这么做,而是我觉得这种优雅、严谨的风格适合我们的角色:任何时候都是泰然自若、聪明能干的。与此同时,我发现自己在那里会以不同的方式处理一些小事,仿佛一跨进餐厅门我就摇身一变,换了个人,身上一下子长出无数洞孔,或是突然间失去了声音。我全力以赴做到高效、优雅,注意自己的姿态、嗓音、神情。我默认要是我们不小心摔了托盘,打碎盘子或者成堆的玻璃杯,会造成很严重的后果,不亚于我们一时头脑发昏为了抗议而故意把它们砸个粉碎。餐厅有时会举办大型宴会,这种场合我们要端着长长的木船,船上堆着海鲜和冰块,配菜是雕刻成花朵形状的蔬果,每次我都很想像小孩子那样抢过来吃掉。尽管这些木托盘很笨重,我还是表现得举重若轻,脑海中浮现的画面是踮起脚尖起舞的芭蕾舞演员,她们的脚尖承受身体的所有重量,但她们不会表现出任何痛苦的神色。男友经常跟我开玩笑,调侃我是那种在深山庙宇都能自得其乐的人,每天的工作无非就是清扫地上的灰尘,沉思冥想时间和劳动的本质,肮脏的地面和干净的地面有什么不同或相同之处。

大约在这个时候,我重新开始游泳,小时候我经常去游。餐厅附近有个户外泳池,离餐厅五十米,在社区中心和公园旁边。我买了泳镜和紧身连衣裤——那种黑色泳衣,是我能找到最简单的款式,办了游泳会员卡。长时间没下水,一开始游很难,简直不敢相信我的身体几乎忘了怎么游,对年少时的我而言游泳差不多是一种本能。慢慢游了几次后,我逐渐找回了水感。不管风吹雨打,哪怕我累坏了,哪怕有考试,每周我雷打不动地去游三次。有时,阳光会折射进泳池底部,形成六边形。太阳、草地、清澈的水池,再也没有比这更漂亮的地方了。要是我调整好心态,集中精神,放松身体,我可以毫不费力地在水中穿梭,感觉像飞一样。那些日子,游完泳,从泳池走出来,经过花园和丰茂的树木,阳光洒在人行道上,我总有一种真切的体会——我的身体是我的,我有强健的体魄和古铜色的皮肤,只要足够努力,我就能成为我想要的样子。一瞬间大千世界在我面前展开,天地万物仿佛汇聚于一个大漏斗,从我的脚下流向树叶,再流向天际。那些时刻,我心无杂念,也可能思绪万千,却说不出也道不明。这些时刻稍纵即逝,来得快去得也快,我甚至无法确信它们是否真的存在过。下一刻我还得赶路。

第一次在课上认识后不久,男友就问我喜不喜欢看电影,我回答喜欢。他说下次把他的一些电影碟片借给我看。下一周某门课后,他给我一个塑料袋,用手托着底部小心地递给我,仿佛在送我一件包装精美的礼物。袋子里装的是DVD,大部分是动作片,还有几部爱情片,不是什么经典老片,都是几年前的电影,有一点过时但又没那么老。

我谢谢他，可心底里对这些电影根本不感兴趣，也不知该拿这些DVD怎么办。后来，我就把袋子扔进书包里不管了。就这样有段时间，我去哪里这些DVD就跟着去哪里。大约过了一星期，我原封不动地把袋子还给他，一部电影都没看。男友问我喜不喜欢这些片子，我一时不知该说些什么，看到他脸上的表情后，撒了谎说喜欢。

约会一周年之际，他在一家知名法式餐厅订了晚餐。他说那种餐厅就是他毕业挣钱后毫不犹豫会去的地方。我买了条新裙子，请了晚上的假，在家准备赴约。弄头发时，手机收到餐厅客人的一条短信。乍一眼没看明白，怀疑是对方发错了，或是自己理解错了。我花了点时间才搞清楚对方是谁。每次当班我都会见到许多客人，我会全心全意接待他们，客人一走我也会全心全意把他们抛诸脑后。每次根据需要，我的表现会略有不同，对面部表情和肢体动作会做出局部改变，就像摆在摄影师面前的拍摄对象，对拍摄角度和灯光布置分外敏感。如果客人想说话，我会和他们说话。我仔细听着，巧妙地引导他们点餐下单，回应他们的问题。如果客人想独自待着，我也能保持冷静，动作迅速，麻利地收拾起各式碗碟，比起提供服务，更像在进行一种仪式，这反过来也能减轻马不停蹄收拾桌子的苦闷和痛苦——客人前脚刚刚离开，后脚马上得有人收拾餐桌。我记得这个男人经常来得很早，每次餐厅都还在做准备工作时他就来了。每次他都选择角落里的座位，能将整个餐厅景象尽收眼底。我记得他都是一个人吃饭，却又不像能自在享受"一人食"的那种人：他总想找人说话。我记得他暗示过自己是不按常理出牌的商人，靠旁门左道混出了名堂。我记得的就只有这些了。

在法式餐厅外面和男友碰面时，我注意到他和我一样精心打扮了一番：白衬衫搭配深色长裤，和我的工作制服倒有几分相似。我们走进餐厅，服务员领我们入座，送上菜单。男友盯着酒单的侧面简直和那些昂贵手表的广告人物如出一辙。我知道对他来说这个夜晚已经大功告成了。撇开餐费不说，他做了他认为浪漫的、美好的、正确的事，这是他送给我的周年礼物。在他心中，这是一种姿态、一种表示，能让我们携手并肩更上一层楼，就像一把扫帚不停地扫着地上的两块石头往前滚。从某种程度上讲，我觉得自己也应该感到高兴才对。我猜自己应该是点错了菜，男友问我菜怎么样时，我没说出内心真实想法：口味上过多虚浮的修饰，几乎尝不出食物本来的味道。我很清楚，享受这顿晚餐，或者说至少看上去享受这顿晚餐有多重要。我本以为只要全心全意，所有努力就会转化为真正的快乐，这些想法就会弃我而去。最后一道是法式火焰甜品。我们用勺子敲碎蛋糖脆皮，内馅齁甜，让我昏昏欲睡。我模糊地回忆起，有人和我说过渴望而不可得的东西才是最好的，即使你没有渴望，即使你不怎么喜欢那个渴望你的人。这种说法的具体来源我已经记不清了。

学期剩下的日子我就这么按部就班地过着：游泳、上课、和男友一起在图书馆学习。姐姐在乡镇医院临床实习。她得空过来看我，我们去了唐人街，重温了小时候上学时常做的那些事：在鹅卵石小巷上的餐馆里吃麻辣云吞，在又黑又冷的电影院里看功夫老片，在隔壁小店买廉价棒棒糖。我依旧在中餐厅打工，仔细认真地摆位、摆餐具，完成其他准备工作。要是那位顾客进店，我正好轮岗到他那片区，我就留下来点单，他依旧会和我闲聊几句，就像什么事都没发生过。谁也没提起过他发给我的那则短信。可我们都心知肚明它确实存在。某天我请假在家复习备考，他发短信问我好不好，说最近都没看到我。还有一次，他谈及自己离了婚，有个我只见过一次的幼子，顺便提到了他的前妻。我从未见过这位据称也是中国人的前妻。他说自己近来开始学画画，尽管他语气温和谦虚，我总觉得他想让我承认他有绘画天赋，至少颇具潜力。我回想起我们曾聊过几句艺术、文学还是电影，因为当时自己在学习相关科目。我问餐厅经理有没有人把我的电话号码泄露出去，他像看疯子一样看着我，说我工作很卖力，餐厅老板很欣赏我，他希望我学业顺利。真奇怪，唯一知道正在发生什么事的只有我和他两位当事人。不知何故，对当时的我来说最重要的竟然是自己有能力装作什么都没发生。

男友邀我一起去城里最大的美术馆看画展。某天放学后，我们乘坐有轨电车来到一座被群山环绕的石头建筑。

昏暗的建筑物内,广阔的空间里挤满了游客。一些天花板采用玻璃吊顶,冷冷的白光倾泻而下。我觉得很累又有点无聊。不过我们还是去买了门票,把背包存放在衣帽间,登上狭窄的自动扶梯。一开始,男友和我一起缓缓走过那些他欣赏的画作。他说它们美极了,可我本能地觉得他其实并不清楚它们美在哪里。就像我们经过一排珍珠,当然从本质上来说珍珠的确很美,但仅仅说"它们很美"几乎毫无意义。后来,我先他一步走进一间莫奈展厅,我告诉母亲,那里展出的正是这周早些时候我和她一起看过的那幅画。话音刚落,我稍作停留,伸手取过桌上的茶壶添茶。母亲几乎没喝一口,我的茶杯已经见底,我把两只杯子都斟满了。

坦白说,不管是过去还是现在,我都对莫奈知之甚少。他所处的时代背景,他开创的那些赫赫有名的绘画技法,我都知之甚少。然而,就在那一刻,当我和男友并肩站在城市美术馆里,凝视着那微弱的光线、麦田里巨大的干草垛,我觉得自己一下子被什么击中了。在当时的我和现在的我眼里,这都是关于时间的画作,感觉就像画家正用两种目光打量着麦田。一种是年轻人的目光,一觉醒来迎接他的是草地上柔粉色的晨光,欣慰前一天刚完成的工作,期待接下去要完成的工作,感叹一切都是那么美好,充满了希望。另一种是老年人的目光,比作画时的莫奈年纪要大。看着同样的景色,回想起以前的那些感触,试图重新捕捉它们、体验它们,却做不到,暮年的他所能感知的就是一种生命的必然性。看画的感觉有点像我读完某本书或听到某首歌的片段。那一刻,仿佛与我重拾游泳后,从泳池走回家的午后紧密相连,与那广阔无际的世界息息相通。我以为只要自己把这些事物更好地联结起来,我就能确确实实地获得某种领悟。这时男友来到我身旁,对这幅画发表了千篇一律的评论。我沉默不语。我想到的是,我们对彼此都太过礼貌,这段关系中我们从未红过脸、吵过架,甚至连反对的意见都没提出过。我想到人们经常形容我性格温和,想到餐厅顾客有时给服务员小费时,会称赞女服务员仪态得体大方,说话轻声细语,服务贴心到位、有求必应。

　　餐厅迎来了一年最忙碌的几个晚上。座位全部订满,后厨忙个不停。我和另一个女孩负责宴会区,具体来说就是两名服务员配合完成系列套餐的上菜。这种特殊场合,你得眼明手快,顾客吃完一道菜,立刻撤走盘子,上下一道菜,牢记各种摆盘规程,比如选择花色成套而完整的餐具器皿。同时还得注意上菜的时机,灵活机动地与后厨积极配合,确保每桌出品的菜肴品种数量和厨房的忙闲程度相一致:上菜太快太勤,会造成菜品堆积;上菜太慢,饿着肚子的顾客会等得不耐烦。忙碌中,我经过男人坐的那桌,这次他带了朋友。他做了个手势示意我留步。我下意识地停下脚步,尽管本意想置之不理。他又要了瓶啤酒,我拿走桌上的空酒瓶，在点菜单上下单。他说话时，我想起他第一次来餐厅时的情景，那时的他可能在办离婚，迫切地想找人讲他的生意、他的艺术。我不记得当时自己说了什么、做了什么，我只记得自己为他感到难过，正是出于这份同情，我可能对他笑了笑，和他说了只言片语，而这寥寥数语被他曲解成了别的什么，背离了我的初衷。男人讲了很久，尽管他应该能看出餐厅很忙，我得回去工作。他的朋友在外形上和他全然不同，情商倒和他类似，并没有开口，只是时不时笑一笑，喝了啤酒后脸慢慢变红，看我们就像忠实观众在看一出精彩好戏。我握着空酒瓶听他讲话，想着厨房后头的另一个女服务员，她得收拾的那些餐盘，我错过的那些单子。我无法理解这个男人怎么会看不出我的行为和情绪之间的差别，这种区别是如此强烈、如此明显，我自己都能察觉到情绪从我体内向周围辐射开去。等他最后终于闭上嘴，我回到厨房，把酒瓶放进可回收垃圾桶。那一刻虽然说不出个所以然，但我觉得他从我身上夺走了什么东西，某种内心深处的东西，我在泳池里体会到的隐秘的快乐，看画时体会到的那种边缘感。这些东西是如此珍贵，对我来说它们也依然是个谜，但那一刻我意识到，我离它们更远了。我把头发往后拢，跪下来拿了一个托盘和一块抹布去擦桌子，随后站起身回到宴会厅。服务流程已经远远落后，我立刻投入工作。

火车驶出车站,我感觉松了一口气。我渴望走进森林,走进树丛。我不想和任何人说话,只想用眼睛看、用耳朵听,享受孤独的感觉。一块块田野、一座座农场、塑料薄膜覆盖的温室和小小的十字路口,火车从这样的乡村疾驰而过。又过了一会,我下火车走进一家便利店,买了茶、水果、海苔、米饼和几个饭团,再坐公交车上山,抵达徒步路线的起始点。我会在这里过一夜,次日一早徒步折返。去旅馆的路上,我看到不远的地方有个澡堂,我把行李留下,只拿了条毛巾,下山往澡堂走去。傍晚时分,路上一辆车都没有。木质结构的澡堂在一条泥路尽头,周围是深绿色的浓密树林,地上覆盖着污泥、落叶和枯枝。浴池很深,池水白浊。我先冲了个澡,包起头发,走进浴池。澡堂墙壁由厚重的石头砌成,长条状木地板光亮湿滑,有一层黑乎乎的污渍。除了我,澡堂里没有别人,整个泡澡过程中也没人进来。

澡堂外,天慢慢黑了。两道被拉得长长的白光,从窗户投射进来,倒映在水面上。我想到学生时代泳池里的那些午后,那时的我觉得自己分外修长。我想到母亲,她从未学过游泳。我想到劳里,想到独木舟划过火山湖,他就在火山湖旁长大。

那年早些时候,我们一起搬到另一个城市生活,在海湾内湾一带买了套公寓。我们已经在那里度过了一个冬季:白昼很短的日子里,我们遇到了这辈子最厉害的强风,不过一切还显得那么新鲜。有时候，感觉就像我们两个登山者来到了一片安静的、让人敬畏的高地，终于找到一个可以休整的地方，我们都还处于不小的震惊中。我想到公寓里的那些早晨，还在打瞌睡的我能听见劳里的一举一动：炉子上的咖啡渗滤壶，冲澡时的热水器，咖啡的香气，他的靴子踩在木地板上。猫悄咪咪溜进卧室，一开始听见的是它厚厚的肉垫落地的声音，然后是它沉甸甸的身体压在我胸口，从喉咙深处发出咕噜咕噜，甚至让我的喉咙也似乎发出了共鸣。我喜欢这间公寓。前面的起居室能看见海湾。拉起门闩，滑动玻璃门，门脸上有一排小小的白色方块，已经褪色剥落，门外能远眺大海，搬进来的最初几个月，海水像灰蒙蒙的雨，也像蓝色杯子淡淡的边缘。大部分房间都有两扇门，你可以走一圈依次经过起居室、厨房、门厅和卧室，就像在逛剧院。从一间房总能窥见另一间房的一角，就像画中盯着镜子看的主人公，看到的是视线之外事物。我最喜欢的是宅在家里，光着脚晃来晃去，连公寓门都不用出。厚重的地毯是俄罗斯蓝猫那种颜色的灰蓝色，像折纸一样把楼梯紧紧包裹起来。厨房古朴的地板，踩上去触感温润，发出吱吱的轻响。我从这一间屋走到另一间屋，漫不经心地收拾。地上有摊开的书、报纸和到处堆放的杯子、衣服，没有叠的毯子随意地塞在角落或搭在椅子上。我在厨房清洗杯盘，望向花园那一小块地，杂草肆意生长。我也会拿一块抹布，擦拭桌子、书架，捡起劳里某次从山里带回来的石头,那块石头看起来就像一个男人鼻子的侧面。我们借助绳索在河边巨石堆里艰难地摸索出路时,劳里还把那块石头抓在手里。公寓里也总有一些小变化:果篮里一个橙子变软了,废纸上列出的任务清单。有次,我们从树林带回来一个深棕色皮革颜色的大豆荚,把它放在厨房靠近烤箱最暖和的地方。一天早上醒来,我们发现豆荚打开了,露出像牛油果核一样又大又黑的种子。

还有一次停电了,我们从还没拆开的搬家纸箱里翻出一个手电筒和几支小蜡烛。外面暴风肆虐,我们把蜡烛分放各处,在黑暗中带来光明。在厨房里点燃蜡烛时,我仿佛嗅到了生日蛋糕的味道。我记得自己还做了简单的晚餐,在几乎一片漆黑中,靠感觉而不是视觉剥去西红柿皮。劳里打开了唱片机,在猫面前慢慢地、生硬地舞动。地板靠垫上的猫只是睁圆了眼睛瞪着他。桌上的食物朦胧难辨,唯有碗中蔬菜的轮廓和肌理隐约可见。我早就把洗晒的衣物和床单拿进来,晾在架子、扶梯和玻璃门上。屋外的风依旧强劲,屋内则一片风平浪静。我记得自己一边吃饭一边思考:生活里如此细碎的小事,就是幸福的来源。

四月我们去探望劳里的父亲。先坐飞机往北飞,再租一辆亮黄色小汽车,开了好几个小时。雨季接近尾声,一切都是那么苍翠繁茂。透过车窗,我们看到平坦的公路、低矮的小山和风雨欲来的长空,着迷地巡视这广阔的天地,劳里长大的地方,某种程度上,这已经成为劳里的一部分。

回到十几岁离开的故乡，劳里既高兴又不高兴。我觉得自己似乎看到了劳里的某些隐私，仿佛看到了少年时的他，看到了早已被他抛下的一部分自我。路上，我们停下来换座，轮流开车。劳里给我拍了张照：绿色甘蔗地里，我站在亮黄色的轿车旁边。沿途他指出以前念的中学、童年玩伴的家，小时候训练和比赛的赛道。我们停在一片大湖前，湖看上去像个几乎完满的圆环。劳里解释说这是火山口积水而形成的湖泊，也就是火山湖，谁也不知道湖水到底有多深。十几岁时他在湖里游过好多次。他和初恋女友从朋友那里借了独木舟，带上帐篷，在湖的另一头野营。

他父亲拥有一大片肥沃的内陆土地。家人自己动手对原来的挡风板小屋进行扩建，另添了一间客房和一个大木质露台，我们就住在这间客房里。另外还有一个豚鼠的笼子；清晨割过的草地上会有一只公鸡趾高气扬地在母鸡群里打鸣。劳里并没在这里住上好几年，但对这里的熟悉感不曾消减半分，这应该就是童年经历带来的归属感。他随意地在各个房间穿梭，拿起属于他的物件，知晓墙上悬挂的所有画作、什么东西放在哪里。他在客房找到一个装满老照片的鞋盒，给我看一张他五岁生日聚会的照片。所有男孩都打扮成海盗的样子，站在劳里父亲亲手打造的木船上。这条木船在花园里放了好多年。他父亲给我们准备了咖啡和水果，果肉绿色、坚果味，质地像卡仕达酱一样稠密、柔滑的牛油果。他们聊起这座老房子、劳里的兄弟姐妹和他父亲的工作。后来，他父亲说要带我们去飞机库看他那架轻型飞机。要是我们有兴趣加上天气允许的话，他可以带我们一起飞。

第二天我们起了个大早，徒步去了山里某处，劳里说可以在那里游泳。尽管时候尚早，阳光已经很毒辣，劳里安慰我，徒步路线沿途都有树荫遮蔽。我告诉他昨晚我做了个梦，梦到了那个火山湖。时光倒流，他变成了十几岁少年的模样，我成了他那时的女友。我们一起惬意地在湖里游泳，游到湖中央时，我突然停下来说游不动了，再也不能向前游了。我记得那种深不见底的感觉，他曾向我描述过的那种感觉。我觉得自己一旦停下来就会往下沉，一直往下沉，谁也不知道要沉到哪里。梦里的劳里对我说：别停下，继续游。就这样我们游啊游，游到湖那边时天已经黑了。

踏上徒步道后，我意识到劳里说得没错：浓密的树冠，形成了遮天蔽日的绿荫。路很陡峭，劳里在前面带路。我记得跟着他自信的大步，跨过盘结的树根和岩石。包括这条路在内的其他路，劳里走过很多次，算得上驾轻就熟，根本不用多做思考。不过对我来说，这里整个世界都是那么美丽而陌生。过了一会儿，我听见身旁河流的声响，尽管无法透过树丛看个真切，流水声却仿佛歌唱般悦耳动听。某一刻，劳里停下脚步，示意我往前看，只见密林道路中间，挂着一大张蜘蛛网，网中心是一只巨大的圆蛛。我们不发一声，低下头，猫着腰，绕过蛛网。最后，我终于看到了河流，劳里很快把我带到可以游泳的岸边。棕色的河水清澈凉爽。我站在沙子上，看到浅滩处聚集的一群群小鱼。河流另一边，灰色的陡壁悬崖拔地而起，悬浮水上，露出深色的石嘴和崖缝，被风雨侵蚀的崖壁背后却几乎呈现出肉粉色。与河水相连处的深绿色岩石，闻起来有矿物质的气味。劳里打开背包，递给我一些水果，应该是早上从他父亲的果树上采的。吃过早餐，我们脱去衣物，去河里游泳。

那天晚些时候，他父亲带我们去参观他的工作室，工作室是个波纹铁皮屋顶的木棚。里面到处是他的工具、设备、塑料片材，有一张贴近地板的矮桌，可以在桌上吃饭阅读。劳里父亲指给我们看他手上的作品：一个朋友的人像雕塑，多年来他一直尝试雕刻出这张面孔，却总是不满意，直到最后终于找对了感觉，还有一个女人形体的抽象铜雕，看起来厚重又纤巧。我觉得男人的脸庞看起来既确凿真切又形状不明，为了某种留白的召唤，劳里父亲似乎在坚持最低限度的创造性。他在眼睛处投上阴影，很难看清是睁开还是闭上的，人物嘴唇紧闭、嘴角下垂。我注意到劳里父亲和每个人说话都很轻松随意，就和劳里一样。早前，他指给我们看岩缝里长出的野生兰花，我发现他和劳里都有由小见大的能力；能从这个大千世界的一点一滴、一草一木中看见和发掘其他人可能忽视的细节。我猜，这都是他不自觉的、自然而然的行为，丝毫没有意识到会对以后的雕塑作品或者他说起的事情产生什么影响。也有可能，他是自知的，是有意培养和陶冶的，就像悉心照料一小株植物那样。

我打开劳里在客房发现的鞋盒，把里面的东西一股脑倒在床上。有好多张劳里和兄弟姐妹小时候的照片，黄昏时他们走在一条脏兮兮的泥路上，背景像被摧毁的废墟那般荒凉，看不真切他母亲怀里抱着的是他还是他妹妹，头顶是一轮惨白的月亮。还有很多我不认识的人寄给劳里的明信片，一本身份信息页被剪掉的护照，还有一张劳里的画作：画的是水里的一条鱼。我问起这幅画，劳里说是上小学大概十一岁时画的。我说我不相信十一岁的小学生能画得这么好，他提醒我他母亲可是画家，墙上挂的都是她的作品。

劳里花了一下午时间帮他父亲的工作室装一扇窗户，仔细量尺寸，在木头上做标记，确保窗能正正好好地安上去，我坐在露台上一边看书一边看他安装。晚上他父亲做了简单的绿咖喱，我们在室外吃晚餐、剥虾壳，天空变成了紫罗兰色，有些年头的木桌折射出银亮的光辉。劳里和他父亲边吃边随意闲聊，说起从飓风中脱险的经历，父子一同穿越整个国家的旅行，孩提时代那些发生的事故和恶作剧。我意识到这些故事已经被讲过一遍又一遍，在整个家族内部流传，经过众人的讲述变得顺理成章，精练而具体。我边听边想到劳里的画和他父亲的雕塑,它们是如此鲜活生动。我之前向他父亲打听过一点他的作品,他说到了创作过程,做加法还是做减法,如何根据材料特性选择木雕还是石雕,如何先建模再用合金或黄铜浇筑。我本想问得更多、更深,但我不知道如何组织语言表述我的问题,最后就什么都没再问。劳里和我看书看到很晚,我最后把书捧在胸口昏昏欲睡时,察觉到劳里停下阅读,静静地看着我,就像全心全意地注视着他洞彻的那个人。

我醒得很早,沐浴着晨光上路。山里有雾,还下起了牛毛细雨。我拿出防雨罩子,罩住我的背包,穿上雨衣。还是不见什么人。我始终在路边徒步,轿车小心翼翼地从旁驶过,仿佛不愿惊扰我这只小动物。空气清爽,我觉得脸上凉凉的、潮潮的。我走过宁静的村镇,镇上的房子都自带小花园,居民把自家院子里挖出来的蔬菜放在门口的小篮子里晾干。我经过空寂的火车站、桥梁、一座大坝,源头不知何处的水奔泻而下,冰凉漆黑的流水冲撞岩石,激起白色水花。装着食物和饮用水的背包沉甸甸的:里面有我昨天在杂货店买的两颗超大红苹果。我身边是乡间道路和农田。走过一间柴房,里面平整密实地码放着原木。前方的果树上结着金灿灿的果实,走近了发现原来是柿子。有些还未成熟、很生硬,有些已熟透,掉落在地上裂开,露出亮晶晶的甜软果肉。我压低身体走在枝丫间搜寻，采了几个熟柿子，边走边吃。我想起劳里，好奇他对此情此景会作何感想，他会在这次徒步中说些什么、观察到什么。孤身一人的我似乎不能多做思考。劳里在邮件里说等我回去，一起动手做个装在我书房里的木架子。我们可以把好多小盆栽挂在上面，这样书房看起来就会像个小丛林。

很快我便离开了公路，走上了徒步道。这条路有的地方就像一条走廊，两旁是精灵般又高又枝叶茂密的树，仿佛随着我听不见的声音在摇摆。泥土湿冷而肥沃，闻起来像深井的底部。有时道路会陡然直上，湿滑而泥泞。我路过一条河、两个小瀑布，瀑布的声响和雨声几乎难以分辨。被瀑布冲刷的岩石像岩盐一样又白又亮。我什么事也没想、什么人也没想。脚边的一块石头上蹲了只小青蛙，表皮的颜色和质地类似落叶。道路蜿蜒，伸向村镇和群山之间。我像书中的角色那样在森林中进进出出。高高的山顶有一间房，门口有一条中型犬，毛色介于狐狸和郊狼之间，它竖起弯弯的尾巴，盯着我从屋前走过。我想到母亲，想到将来有一天，我和姐姐会前往她的公寓，目的只有一个：整理她毕生的财物，把一切都收拾干净。那些珠宝、相册、信件等私人物品，还有账单、收据、电话号码、地址簿、洗衣机和烘干机的使用手册等她井井有条的日常生活的证明。浴室里有半满的玻璃瓶，还有她的香水、乳液等瓶瓶罐罐，这些她不愿别人看见的有日常仪式感的小物件。

我猜做事很有条理的姐姐会建议把所有东西按照"要留下的""要捐掉的""要扔掉的"进行分类。我不会提出异议，但我清楚最后什么都不会留下，可能怕触景生情，也可能根本没什么情绪，我也不知道。

午后，我寻得一处遮蔽，停下脚步，泡茶吃饭。拿出小炉子、救护车火焰红色的燃气罐，点燃炉子，把一个铝锅放上去，拧开水壶瓶盖，倒水进去。远处传来啪嗒啪嗒的雨声，袅袅的蒸汽升腾，锅里的水急速沸滚，这一切都有点让人难以置信。徒步时我觉得全身暖烘烘的，此刻才注意到头发和上衣都已微潮。这件雨衣是临行前在一家二手店淘的，我完全没料到这季节的日本会频繁下雨。与其说它是件雨衣，不如说是风衣，面料很薄，不完全防水，还是会有雨水渗进来，肩膀这里还开裂了。但这也没什么要紧的。我很确定此刻雨变小了，再说这种情况我也无能为力。我喝了茶，吃了两个美味的饭团，突然觉得饥肠辘辘起来，又吃了几块米饼和一个苹果，站起身准备重新上路，调整了背包的肩带，防止裂缝变得更大。

拜访劳里父亲的行程接近尾声，我们又开车去了火山湖，这次我们租了两条皮划艇，把它们推进湖里。我记得那天风和日丽，湖面平滑如镜。彗星撞击形成了陨石深坑，坑里长出的树蔓延至水边，湖水深不可测，整个湖被团团包围，显得如此神秘而不真实。和今天一样，那天后来也下起了小雨。我的皮划艇跟在劳里的后面，他的皮划艇尾波形成一个平缓的V，像在为我指航。我再次怀疑谁也不知道这湖水到底有多深，全部思绪都萦绕在这个问题上。湖面平静无波，对岸雨雾迷蒙，很难有一种真切实在的距离感和空间感，我们就这样越划越远，越划越远，一切仿佛飘浮在梦中。

劳里告诉我有一回他和哥哥展开皮划艇越野之旅，不是在这个火山湖，而是在另一个更大的湖。按照计划，那次旅程要花上好几天，他们仔细打包了所有食物和装备，把全部重量平均分配到两艘皮划艇上。途中某处，他们遇到了第一道激流，最后顺利通过。他依然记得那种感觉，身体熟练从容地做出反应，头脑迅速做出判断，似乎不假思索地完成每个转弯、跃起和落下。在骤然落水时，他还依旧沉浸在那种感觉中——也不知道为什么，可能他们遇到了意想不到的第二道急流。他记得身体慢慢下沉，水冲刷他的躯干、脸、颅骨，自己却异乎寻常地冷静，觉得自己应该等一等看看接下去会发生什么。猝不及防间，他发现自己又直立了起来，他哥哥就站在他身旁。等他回过神，赶忙费力喘气，不断咳嗽，终于恢复正常呼吸后，他和哥哥谁也没再提起他溺水这一刻，他们只是镇静地继续往前划，在接下来的行程中再也没提过这件事，尽管他重出水面那刻哥哥脸上的表情一直在他脑海中挥之不去。我琢磨是不是因为这件事的感觉太强烈太可怕，但劳里否定了我的猜测，他说可能正相反：他俩都清楚提不提起都一样，他俩都希望继续往前划，除了往前别无选择。他们还得穿越其他激流险滩，已经发生的事不会对此产生任何影响。我记得自己联想到了劳里的画，他父亲为友人创作的人像雕塑，所有这些似乎兜了个圈回到了原地。他父亲的雕塑让我想到瀑布那里的悬崖、陨石深坑的形状。他的雕塑仿佛不是用手创造出来的，而像近距离窥见的一块天然岩石：经过长时间的风雨洗礼，由时光雕刻而成，那些浅角和阴影呈现出一张令人费解的脸，却也美得惊人，因为它既是一个意外，又是一种象征。

某天我问劳里父亲是否介意我再去他的工作室参观。我记得自己的提问方式就和侄女们讨要东西时如出一辙：漫不经心地提出请求，却能看出一整天都在左思右想。我把书放在桌子上，独自去了木棚。那是下午早些时候，阳光依旧明晃晃得刺眼，我记得自己边走边用手遮住脸。木棚有个生锈的硕大金属门闩，却没有配套的锁，门一拉就开，里面闻起来有刚砍伐的木头味。缕缕阳光透过积满灰尘的窗户射进来，微尘在光线中移动，就像契诃夫在某个故事中描绘的、刚收割的麦田的气息。我径直朝人像走去，就像破门闯入了某个禁区，不得不加快速度达成目的。我小心地掀开雕塑的塑料罩子，站在那里盯着男人的头像。我不高，我的脸和男人的脸在同一高度，鼻对鼻、眼对眼。他的眼睛似睁非睁，我们就像在彼此打量。我仔细查看雕像，同时提心吊胆，随时怕有人进来打断自己。那天早上，我问了劳里父亲更多关于他作品的问题。他提到自己在欧洲受到的培训，转入艺术领域之前，他是名数学老师。他还提到了雕塑中的工程学，从重量和平衡，到比例的把控，再到材料固化的过程。只是谈话结束后，我依旧觉得万分困惑。我真正想要知道的是他是怎么创作这张脸的：比如，他是怎么赋予作品人性的？他是如何精确平衡严肃庄重和晦涩难懂的？我觉得自己的人生经历完全和作品不搭边，我甚至不知道怎么提出恰当的问题。还记得在自家花园里，我站在劳里身旁，看着他在车床上转动木材，对加工出来的形状如此胸有成竹，这一点总是让我羡慕不已。

高山上有一段栈道，上面铺着铁道枕木一样又厚重又陈旧的木板。可能由于连续几天下雨，木板上长出了薄薄一层绿油油、滑溜溜的藓类。栈道缺了几块木板，露出底下一米左右的地面。我缓慢地往上攀登，小心谨慎避免滑倒摔跤。周围还有浓密的蕨类植物和细细的黑树干。远处有一片浓雾，在绿意映衬下显出淡淡的紫色。好几次我停下来小憩，观赏风景。透过雨帘，山景宛如老房子里的屏风画。屏风由好几块组成，画家用寥寥几笔在上面勾勒出几根线条。一些线条用笔遒劲，干净利落，还有一些虚实交融，疏淡清逸，仿佛会随时蒸发消失。当你细看，就会看到：自上而下的山峦，线条散开，形式和色彩。

昨天晚上我翻看手机相册,看到我们在东京拍的照片,有我在博物馆拍的展厅、花园和陶瓷,还有一段二十二秒我站在涩谷十字路口的视频。人流从四面八方向我拥来,头顶的巨大屏幕滚动播放着品牌广告。交通信号灯马上要变,我听见手机话筒里母亲的声音,让我等一等、笑一笑。有天晚上我冲完澡出来,发现她坐在床上,歪歪斜斜地瘫在床上,和她的一贯风格不符。她惊慌地看向我说她的护照丢了。我问她确定吗,她回答什么地方都找过了,仔仔细细找了两遍,护照就是不见了。再过几天我们就要去京都,然后飞回家。我让她回想一下上次见到护照是什么时候。我安慰她我们还要在东京待一天,可以折回去过的地方找一找。要是找不到,就只能去领事馆或者大使馆了。我努力去想这件事怎么用日语来描述,但我的脑子一片空白。第二天我们走遍了上野、日比谷、青山和六本木所有去过的地方。被雨水浸润的街道湿滑,我不断地巡视地面,仿佛护照会像掉落的耳环那样被无意中发现。最后,精疲力竭的我们回到酒店。没过多久,母亲猛地倒吸一口气,转过头看着我,一脸如释重负,从行李箱的一个隐蔽夹层中,抽出了那本护照。

在所有参观过的地方、所有我带她去过的地方中,她看起来最满意的是通往地铁站的地下通道里的一家小店。那家店售卖各种手套、袜子,所有物品都是明码标价的打折品。店里人头攒动,顾客在货架间来回穿梭。母亲在店里待了四十分钟左右,每个区都不放过,给所有人买了礼物。她深思熟虑、精挑细选，根据对每个人的了解挑选出最适合对方的礼物。她给姐姐的孩子买了两双颜色鲜艳的手套，还买了一双给我。之前每次我问她最想去日本哪里时，她都回答说随便哪里都行。她唯一问过的问题是：那里的冬天会冷到下雪吗？她从未见过雪。

我知道自己在山里花了比预期更长的时间。天渐渐黑了，一切仿佛都回归大地。尽管力气耗尽，这种疲惫中却透出丝丝甜蜜。我想起和劳里之间关于孩子的谈话。讲师曾说父母是孩子的宿命，不仅体现在命运的大悲剧中，也在更细小却依然有影响力的其他方面。我要是有个女儿，我的生活方式或多或少会变成她的生活方式，我的记忆会变成她的记忆，她对此别无选择。小时候，母亲经常给我们念一本日本寓言集里的故事。某个故事里有座山，云层在山顶形成了一个环绕云团，就像一串项链。最巍峨的高山为这座美丽的山倾倒，爱上了她。不过这座有云团的山没有回报他的爱意，她苦苦思念的是一座更矮小、更平坦的山。高山对此万分震怒，他变成火山，剧烈喷发，火山灰遮天蔽日，周围陷入一片黑暗和痛苦，长达数日。我记得自己被这个故事深深地打动，感动于美丽的云团山和善良的小山之间的爱情，并同情火山造成的折磨和苦痛。对那个年纪的我来说，山与山之间的激情比人类的感情更加真实。书里的其他故事我都不太记得了，除了有个死在雪地里的年轻女子，我一边行路一边尝试着回忆。

夜色由浅蓝渐变成深蓝，气温开始下降。我感觉离周遭一切越来越远。路边的蕨类植物几乎化成了阴影。我知道自己应该走得更快些，我应该与即将来临的夜晚赛跑，不过就像那天划着独木舟穿越火山湖那样，我没有任何紧迫感，还是不紧不慢地徒步，就像迷路的旅人，躺下就能沉思，站着就能睡着。我经过一座老桥，过桥时停下脚步，雨水导致水势大涨，水流加速，倾泻而下。最后我终于看到远处的车站，昏暗的橙色灯火，穿透蓝色雾霭。最后一班火车还有四十分钟。我把双手缩进夹克衫的袖口，双臂环抱，坐在长凳上等车。过了片刻，我去自动售卖机上买了瓶清酒，入口清爽冷冽，最先感受到的是酒精的味道，接着是淡淡的甘甜，最后顺滑地经过喉咙入肚。很快，我就感觉不到冷了，只是觉得很累，脑中只有一个模糊而倦怠的想法，也许不去理解万事万物也没关系，只要去看见、去把握就行。

母亲不在旅馆的房间里。我问接待处的男人，他说没见过母亲，甚至表示我预订的是一人入住，不是两个人。这让我很恼火，应对他的语气想必也体现出了这一点。旅馆很小，昨天我和母亲都办了入住手续，他怎么可能想不起有几位客人？我回房间等待。早前我意识到鞋子湿透了，还沾满了烂泥，袜子也湿透了。我知道自己应该冲个热水澡，换上干爽的衣服，但疲惫感如潮水般向我涌来。过了片刻，我走出客栈，站到街上，先往一个方向眺望，再换一个方向。商店和汽车射出的灯光仿佛不知来自何方,就像一列缓缓驶来的火车。母亲最后现身时,也像一道幻影。她的羽绒夹克拉链拉到下巴,呼出的气在寒冷的空气中化成一团白雾,好似一个消失的幽灵。她身后是一辆汽车的车灯。她慢慢地向我走来,没有认出我的神情,就仿佛我是她不愿遇到的鬼魂。她手里提了个白色的超市塑料袋,透出热乎乎咖喱饭的香气。一认出我,她的脸上立刻浮现出暖意。你在这里啊,语气就像我们只不过分开了几分钟,一副招呼我进家门的口吻。快来吃饭吧,她又说。

那天晚上,我特别累,几乎站着就能睡着。母亲拿出咖喱饭,我们一起吃完。我冲澡时,她展开床垫铺好床,我从浴室出来,她递给我一双厚厚的羊毛袜。袜子是新的,还是那种鲜红色,这让我有点想笑。屋外,风又猛刮起来,拍打着窗玻璃。我们都能听见雨声越来越响,雨势越来越大。我查了查手机,看到几则报道说有台风正向东京移动,我在风声雨声中睡着了。

第二天我感冒了,脑袋昏昏沉沉的,但我们得退房赶去京都的火车。京都是我们飞回家前的最后一站。一路上,我突然特别想念小时候吃过的一味中药:甜甜的、苦苦的八角味道,长得像海藻一样的黑色根须。现在的我只能凭想象回忆它的味道,和其他好多事物一样,我已经完全忘记它的名字。新干线上,母亲给我看她手机上的运势栏目，我念出我俩的本月运程，关于爱情、金钱、运气、警告种种。餐车经过，我买了两个抹茶冰激凌，递给母亲一个，可能这种天气吃冰激凌有点太冷了。冰激凌甜中带少许苦涩，可口不腻，装在软软的纸杯里，配有扁平的小木勺，让我想起小时候母亲给我们姐妹俩买过的冰激凌。母亲采购时，会让我们坐在游乐场吃冰激凌，乖乖等她。每个星期我们都对冰激凌充满期待，那一天到来时我们是那么兴奋激动，仿佛那就是唯一值得关注的要紧事，几乎从未想过母亲需要操劳家里大大小小的事务。我也记得劳里有一次对我的节俭开过玩笑：即使我吃饱了，也会把剩菜剩饭吃光，我受不了浪费一丁点儿食物。那时，我也自嘲过，但我没说出口的是，我所继承和重复的是母亲的节俭。我知道母亲留下了所有车票、旅游手册和指南，准备带回家，就像有些人重读小说那样，再把它们拿出来看一遍。我侄子侄女拆礼物时，她也会趁他们把包装纸扔掉前收起来，准备下次包礼物再用。

我们望向窗外，一道道白色、灰色和红色的乡村风光飞速经过。某处轨道陡然直下至海岸线，列车就沿着海岸行进。暴风雨过后的海面，平静无波，呈现出一片柔和的淡蓝色。途中，母亲看着我笑了笑，仿佛就这样彼此为伴，她就已经很开心了，不需要开口说出来。细想这些时日，我们似乎很少对彼此说些有实质内容的话，旅程已近尾声，却并没有达到我想要的效果。我想到学日语，说得磕磕绊绊，还只会说一些最简单的词句，不过我没有放弃，梦想着有一天能说得更好。想起这次日本行中有几次我已经能够说出完整的句子来，比如和书店那位女店员的对话，这种感觉让人激奋。我想要体验更多这样的时刻，让语言像隐秘的河流那样自然地流淌出来，去了解别人，也让别人了解我。我想到母亲的母语其实是广东话，而我的第一语言是英语，我们之间从来都是用英语而不是广东话进行交流。

我母亲的故事，不管是那些她告诉我们的，还是没告诉我们的：舅舅的故事、她初来乍到一个新国度的故事，她其实并没有把它们藏起来，或者故意做了什么改动。我知道舅舅有心脏病，知道她第一次坐国际航班，知道她父母出生的村庄离香港很远很远。但除了这些，我几乎一无所知。她说，她的父母也对他们的童年语焉不详，就这样距离感越拉越大，最后只剩下这个村庄的名字。我想到在来时飞机上看的一部科幻电影：一位科学家找到了时间旅行的秘密，她穿越到未来，发现一切都是那么陌生难辨，包括她自己的生活。我记得自己把目光从屏幕移向飞机窗户，从高空往下看，许许多多被灯光照亮的村镇仿佛一个个偏远的定居点。也许姐姐和我成长的方式在母亲眼中同样陌生。也许随着时间的推移，母亲发现越来越难回忆起过去，特别是在没人记得过去的情况下。也许换一种方式反而更简单，就这样新的生活方式变成了她的习惯，她适应了吃燕麦早餐，到别人家不脱鞋，很少和别人说广东话，等等。

到了京都，久违好几个星期的太阳终于露脸。我们下意识地把脸转向阳光。台风过后留下了强风。第二天早上，我们坐火车去嵯峨野竹林，竹子昂然耸立，郁郁葱葱。竹林小径很短，游人如织。我们周围有人摆出空手道掌劈的姿势，有人穿着和服坐着人力车，他们可能想要体验一回前人的生活，那时候他们都还不存在呢。后来我们参观了一些神社和花园，我惊讶地发现母亲竟然知道怎么在神社祈福：来到钱箱前投入硬币，摇响钱箱上方的绳子，二鞠躬二拍手一鞠躬，拍手后默默许下愿望。

之后，我们蜷缩着身体，迎着风，逛了逛京都祇园商店街，在木门和商铺店面门口拍照，在著名神社旁的一家饭馆吃天妇罗。我偶然撞见了小巷深处的一家布料店，招呼母亲赶紧进来。店的屋顶高得出奇，店里就像一个旧谷仓，弥漫着淡淡的雪松味道。布料陈列在金属支架和单个衣架上，好多都用细细的铁丝从天花板悬吊下来，正因为这样，触摸这些布料时，它们就会轻轻晃动。好多黑色布料染得像墨水一样黑，让我想到曾经读到过，有位艺术家和几位科学家合作使用过一种神奇颜料，这种最纯粹的黑色颜料能吸收和吞噬几乎所有光线。不过细看这些布料就会发现它们没那么简单：是由不同的悬垂、褶皱和层叠布料一块块拼接起来的，有时候很难说清该怎么把这些布料披上身。也许，本来就没有什么正确的穿法，只要自然随性地往身上一甩，拉一拉，拽一拽，每次稍微调整下角度就行。店中央有一排珠宝展示柜，里面的珠宝首饰精巧灵动，看起来像是用纤细破裂的树枝，或是沙漠植物制作出来的，不是黑色，而是高岭土的颜色。我在店内深处的角落里发现一套用柔软羊毛裁剪的黑色上衣和长裤，我把这套拿出来给母亲看，鼓励她穿上试试。她从试衣间出来，站在镜子前，我注意到这套衣服的剪裁不是我料想的那样不成型，它其实是收腰款式，从臀部和大腿以下垂坠散开，裤腿宽大松垮，就是那种法式阔腿裤。上身效果非常不错，从侧面看，这种精心设计的廓形剪裁很像传统韩服。我告诉母亲她穿这套很好看，变装后的她就像换了个人，不知名又无法归类的那种人。

我们在日本最后一天的早上，我带母亲去了千本鸟居。天气阴冷潮湿，我们穿上羽绒服，经过商贩和神社，继续往后山走去。昨晚又下了雨，山路泥泞湿滑，我让母亲注意脚下，小心走路。我想起她曾说过我的曾祖父是个诗人，想起他所处的那个时代和我们这个时代之间所失去的一切。

爬山途中，母亲第一次问起我的工作。我没有立刻回答，思忖后说：很多古画中能发现"原画复现"，即由于上面的颜料涂层变薄脱落，使得画家先前绘制的底层显露出来。有时只是很小的部分，有时颜料发生了变化，但有时会有重大发现，比如整个轮廓、某个动物或某件家具得以重现。从这种意义上来说，写作和画画如出一辙。只有通过这种方式，人才能回到过去，改变过去，让事物改头换面，变成我们理想中的样子，或者我们希望看到的样子。因此我对母亲说，她最好不要相信自己读到的任何东西。

沿着山路拾级而上，我们与山下人群的距离越拉越远。一路之上都是依山而立的连绵鸟居，我们从鸟居下面走过。年代较新的鸟居是鲜艳的朱红色，年代久远一些的褪了颜色，呈现出橘红色，鸟居底座都刷成了黑色。我猜母亲应该已经累了，但她爬山的速度丝毫没有减慢，仿佛暗暗下定了决心，甚至隐隐有些怒意。很快，她就把我甩在了后面。我停下来休息了好几次，双腿还和昨天一样酸痛，脑袋也昏昏沉沉的。眼前的鸟居以十度、十五度这样非常平缓的坡度蜿蜒而上，你看不到前方还有多少路，也无法回头往后看。

后来，我们来到一个草木繁茂的山坡上，坡上长满了蓝灰色的蕨类植物和雪松。母亲站在一块大石头旁边，我走上前，拿出相机，调整设置。我告诉她去年我看过的一个系列作品摄影展。这里的鸟居被保存下来，成为著名的旅游胜地，但其他地方那些历史更悠久、规模较小的鸟居却遭毁坏和遗弃了。我记得一张照片上，一座优雅的鸟居散落在热带雨林中；另一张照片上的鸟居靠在一张公园长凳上，等着被回收利用。接着我抓过她的手，另外一只手按下快门。旅行过后再看这张照片,我发现镜头前的我俩都没做好准备:一脸的疲倦和惊愕,母女俩看上去很像。

我们来到山顶的一个小店,点了绿茶和其他吃食。她买了一枚小小的御守、一个白狐狸手办和两张明信片。我意识到她在店里买的所有东西都是给别人的伴手礼。茶很烫但很好喝,小包子里面包着甜甜的红豆。我们坐在长椅上,望向窗外的景色,游客们走过最后的鸟居,一副疲累倦怠的样子,还有的为了自拍和拍下身后山谷的景色,爬上了岩石。

出发去机场之前还有一点时间,我们去了一家神社改建的纪念品店。这次我们又是分头行动,仿佛这已经习惯成自然。我给劳里买了条蓝色围巾,用最后剩下的日元给自己买了厚厚的便条纸。结账后,我转头找寻母亲,却怎么也找不到她,过了片刻才发现她在入口等我——坐在长凳上左顾右盼——看起来就像一直坐在那里等待,可能事实也是如此。门框把她整个人框起来,她像雕塑一样坐在那里,双手交叠,安然地放在大腿上,双膝和双脚并拢,全身所有部分都连在一起,就像是用一整块石头雕刻出来的。她深深地呼吸,仿佛终于心满意足了,这份气韵特质也和雕像神似。我穿上外套,绕过鱼贯而入的顾客,向她走去。她见我走近,挥手向我示意。能帮我把鞋穿上吗?她问。我意识到,她的腰弯不下去,够不着鞋子。我蹲下,一个提拉,帮她把鞋子穿上。

Jessica Au
COLD ENOUGH FOR SNOW
copyright © Jessica Au, 2022
First published by The Giramondo Publishing Company, Fitzcarraldo Editions, and New Directions Publishing.
Simplified Chinese edition copyright © Archipel Press, 2024
All rights reserved.

This project has been assisted by the Australian Government through Creative Australia, its principal arts investment and advisory body.

Australian Government

Creative Australia

图字：09-2024-0025 号

图书在版编目（CIP）数据

冷到下雪 /(澳) 欧健梅 (Jessica Au) 著；陆剑 译.－－上海：上海译文出版社，2024.8 (2025.1重印).
ISBN 978-7-5327-9628-1

Ⅰ. I611.45
中国国家版本馆CIP数据核字第202472J4P0号

冷到下雪
［澳大利亚］欧健梅 著 陆剑 译
特约策划/彭伦 郭歌 责任编辑/王嘉琳 封面设计/一亩幻想

上海译文出版社有限公司出版、发行
网址：www.yiwen.com.cn
201101 上海市闵行区号景路159弄B座
苏州市越洋印刷有限公司印刷

开本850×1168 1/32 印张2.75 字数45,000
2024年8月第1版 2025年1月第5次印刷
印数：27,001—37,000册

ISBN 978-7-5327-9628-1
定价：48.00元

本书中文简体字专有出版权归本社独家所有，非经本社同意不得转载、摘编或复制
如有质量问题，请与承印厂质量科联系。T：0512-68180628